Chef der Begierde

Alles Für Den Boss

Sarwah Creed

Published by Sarwah Creed, 2021.

Chef der Begierde

von

Sarwah Creed

© 2021 Sarwah Creed

CHEF DER BEGIERDE

First edition. February 19, 2021.

Copyright © 2021 Sarwah Creed.

ISBN: 979-8201461621

Written by Sarwah Creed.

Also by Sarwah Creed

Alles Für Den Boss
Chef mit gewissen Vorzügen
Sexy Überstunden
Chef der Begierde

Bad Apples
Love To Hate You
Hate To Love You

Freunde mit gewissen Vorzügen
Die Teufel und Engel
Schmutziger Spieler
Sext Me

grumpy boss
Size of his Shoes
A Boss with Benefits
My Thirty Day Quarantine

An Ex with Benefits
Blind Date

Kings of Hawk Academy
Bad Intentions
Cruel Intentions

Sext Me Crazy
Filthy #TeXXXt
Hot #TeXXXt

The FlirtChat Series
Daily #TeXXXt
Triple TeXXXt
Quadruple TeXXXt
Naughty #teXXXt

Standalone
Claimed By Wolves

Inhaltsverzeichnis

Über die Serie Alles für den Boss:

Danke, dass du dir meine Neuerscheinungen anschaust. Dies ist das zweite Buch der Serie Alles für den Boss-Serie:

Buch #1 - Chef mit gewissen Vorzügen

Buch #2 - Sexy Überstunden

Buch #3 - Meine Weihnachtsquarantäne

Buch #4 - Chef der Begierde

Es sind unabhängige Geschichten, die in jeder beliebigen Reihenfolge gelesen werden können.

Das sagen Leser über die Serie Alles für den Boss-Serie:

Kurz, aber unterhaltsam!

Habe das Buch auf Facebook empfohlen bekommen und fand Cover und Klappentext ansprechend. Das Buch selbst ist recht kurz, aber trotzdem unterhaltsam. Ich fand die Charaktere niedlich, vor allem Nana, die mich irgendwie an eine verrückte alte Dame erinnert hat (mit ganz vielen Katzen :D), auch wenn sie das gar nicht sein sollte. War ein netter Zeitvertreib und ganz anders als die anderen Bücher der Autorin, etwas erwachsener.

Kurz aber nett!

Die Autorin hat einen sehr eigenen Schreibstil! Wenn man sich daran gewöhnt hat kann man dieses Buch gut lesen.

Rezensenten / Blogger gesucht

... für die heißen Liebesromane von Sarwah Creed & Mila Young!

ARC Link[1]

Über Chef der Begierde

Er ist mein Ex. Ein Millionär.

Mein neuer, heißer Chef.

Vor zehn Jahren hat er mich sitzen gelassen, weil er sich ganz seiner Footballkarriere widmen wollte, aber jetzt ist er wieder in der Stadt und macht mich ganz wuschig. Ich muss nicht nur jeden Tag mit ihm zusammenarbeiten, nein, jetzt ist er auch noch in meiner Gruppe für alleinerziehende Mütter.

Er sagt, es wäre Diskriminierung, wenn man ihn dort nicht mitmachen ließe.

Was weiß er schon über das Stillen?
Nichts.
Was weiß er schon über Kaiserschnitte?
Null.

---

1. https://docs.google.com/forms/d/e/
1FAIpQLSdquB6Ot2daG9DrXAx54tGmOawDxyL81lp
0Z96T-yocXJbOPA/
viewform?fbclid=IwAR1FRADw8DJBPmPzI2riW15w
GJEkCgcdQ_ctxbgs0xUwSpi7UKezKsnbfQc

Aber wir leben in einer demokratischen Gesellschaft, und die anderen alleinerziehenden Mütter wollen ihn und seine Freunde gern in die Gruppe aufnehmen.

Jetzt muss ich damit leben, dass diese traumhaft grünen Augen, das markante Kinn und das aufregende Lächeln meine Elterngruppe in einen Datingservice verwandelt haben.

Es dauert nicht lange, bis ich kapiere, dass Hunter James etwas anderes im Sinn hat, das viel schmutziger ist als Erziehungsratschläge.

Anmerkung der Autorin:

Chef der Begierde ist eine kurze, in sich abgeschlossene, erotische Novelle, mit der perfekten Dosis Sex. Genau richtig für erwachsene Leser, die schmutzige Lektüre mit einem Schuss Komik lieben.

Kapitel Eins

Madison

Ich war spät dran, erschöpft von meiner Extraschicht im Callcenter, und davon, dass ich bis spät in die Nacht versucht hatte, eine Präsentation für den neuen Chef in meinem Tagesjob zu erstellen. Auch wenn ich nur die Assistentin des Geschäftsführers einer kleinen Firma für Büroartikel in Meridian, Idaho war, so wollte ich ihn doch beeindrucken. Ich wollte, dass ihm alle Informationen über die Firma zur Verfügung stehen, und hatte keinerlei Zweifel, dass William, der vorherige Geschäftsführer, die wichtigsten Dinge ausgelassen hatte.

Seltsam war, dass ich noch nicht einmal seinen Namen wusste. Alle glaubten, dass ich, weil ich seine persönliche Assistentin sein und den größten Teil meiner Arbeitszeit mit ihm verbringen würde, auch wissen müsste, wer er war. *Eigentlich logisch.* Aber William wollte, dass es eine Überraschung ist.

Das verstand ich nicht.

Keiner verstand es.

William sagte, dass es Zeit für ihn war, sich zurückzuziehen, dass er die Firma, die er aufgebaut hatte, verlassen müsse, um mehr Zeit mit seiner Frau zu verbringen ... was auch jeder geglaubt hätte, wenn sie nicht vor drei Monaten in einem schrecklichen Autounfall ums Leben gekommen wäre.

Er hatte eine Geliebte ... eine junge ... und seine Frau hätte ihn beinahe mit ihr erwischt, wenn sie nicht den Unfall gehabt hätte.

Es gingen jede Menge Gerüchte um, was wirklich mit seiner Frau passiert war, warum er wirklich in den Ruhestand gehen wollte. Zu viele.

Wenn ich nicht so viele eigene Probleme hätte, wäre ich abends mit den Kollegen ausgegangen, um über den Klatsch des Tages zu reden. Aber ich konnte mir so ein Leben nicht leisten, weil ich nicht nur einen Job hatte... ich hatte zwei... und außerdem war ich eine alleinstehende

Mutter. Die meiste Zeit lief ich wie ein Zombie durch die Gegend, weil ich so müde war.

„Er ist da", platzte Rachel in dem Moment heraus, als ich ins Büro kam. „Er ist so heiß. Ich kann es kaum erwarten, ihn in die Finger zu kriegen."

Es gab keinen Mann in dieser Abteilung, oder in jeder anderen, mit dem sie nicht geschlafen hatte.

In diesem Büro kann kein Mann arbeiten, bevor er nicht mit mir im Bett war!

Ihre Worte, nicht unsere.

Bevor ich sie oder jemand anderen nach seinem Namen fragen konnte, wurde seine Bürotür geöffnet.

Mein Herz setzte aus und ich ging zu Boden. Ich riss den Mund auf und mir fielen fast die Augen aus dem Kopf. Hatte ich Halluzinationen? Würde dieses Bild verschwinden, wenn ich ohnmächtig zu Boden sank?

„Mina", hörte ich jemanden immer und immer wieder sagen.

Nur ein Mann hatte mich jemals so genannt. Hunter James. Der Mann, der mein Herz gebrochen hatte. Mein neuer Chef.

Dieser Tag konnte nicht schlimmer werden. Ich musste diesen Job behalten ... er war der einzige in der Stadt, der es mir möglich machte, um vier Uhr zu gehen. Die Bezahlung war zwar nicht toll, aber auch nicht schlecht. So konnte ich mich etwas ausruhen, bevor ich abends zu meinem anderen Teilzeitjob ging.

Allerdings war es auch schon ziemlich lange her, seit ich mich nach einem anderen Job umgesehen hatte. Vielleicht hatten die Dinge sich geändert. Alles war besser, als Seite an Seite mit meinem Exfreund zu arbeiten, oder?

Jede Menge Gründe, warum ich sofort kündigen sollte, rasten durch meinen Kopf, aber dann betrachteten mich die gleichen grünen Augen, bei deren Blick ich damals weiche Knie bekam, und er nannte mich bei meinem Kosenamen. Dieser Kosename hatte damals in der

Highschool dafür gesorgt, dass ich mich als etwas ganz Besonderes fühlte ... aber das war schon mehr als zehn Jahre her. Das mag manchen wenig erscheinen, aber hier war es eine Ewigkeit.

Die Zeit hatte ihn veredelt, wie einen guten Wein.

Er sah noch immer aus wie Channing Tatum, und ich hasste ihn noch mehr dafür, dass er sich sein gutes Aussehen bewahrt hatte. Ich hatte einige Pfunde zugelegt und war nicht mehr das Mädchen, das er in der Highschool gekannt hatte. Er konnte mich nicht einfach wieder „Mina" nennen und sich in mein Leben drängen.

Das konnte er vergessen. Ich war einmal auf seinen Charme reingefallen. Als er die Hand ausstreckte, um mir beim Aufstehen zu helfen, kroch meine Hand, wie von allein, empor und befühlte seinen Bizeps. Sofort rief ich mich zur Ordnung.

Madison Young, du musst ihm widerstehen. Er hat dir schon einmal das Herz gebrochen, und er ist dein neuer Chef.

Zwei gute Gründe, nicht noch einmal auf ihn hereinzufallen.

Ich hatte ganz vergessen, dass ich mich mit Rachel unterhalten hatte, bevor er durch die Tür kam.

„Ihr kennt euch?", fragte sie neugierig, als Hunter mich näher an sich zog.

„Nein", widersprach ich und schob ihn von mir weg.

Seine Mundwinkel hoben sich zu einem Lächeln. „Doch", sagte er

Jetzt war ich in Schwierigkeiten.

Ich hatte eine Geburt überstanden. Ich war jetzt hart im Nehmen. Ich musste widerstehen. Ich musste an Alex denken, nicht an Hunter James.

Ich war damals wahnsinnig verliebt in ihn gewesen, aber das war Vergangenheit. Vergessen und abgehakt. Schließlich wäre ich nicht so dumm, den gleichen Fehler zweimal zu machen ... egal wie wahnsinnig toll er in seinem hellgrauen Anzug mit der rosa Krawatte aussah. Egal, wie sehr sein erotischer, animalischer Duft dafür sorgte, dass mein Höschen feucht wurde.

Nein.

Kapitel Zwei

Hunter

In dem Moment, als ich in der Gruppe für Alleinerziehende Madisons Name auf der Liste sah, wusste ich, dass sie die Gruppe leiten würde.

Damals, in der Highschool, war sie mein Leben. Die Einzige, die ich jemals wollte. Die Frau, von der ich sagte, dass sie zwischen mir und meinem Sport stehen könnte.

Sie hätte eigentlich sagen sollen, dass alles gut werden würde, nach dem, was sie getan hatte. Natürlich war ich geschockt gewesen, aber ich sagte ihr, dass ich ihr verzeihen würde. Ich hatte gedacht, dass sie mir glauben würde, aber sie küsste mich einfach auf die Wange und wünschte mir Glück.

Ich hatte vier Jahre im College verbracht und gehofft, dass sie ihre Meinung ändern würde, aber das tat sie nicht. Ich hatte Madison damals geliebt und ich empfand heute noch immer dasselbe für sie. Es war, als wäre sie überhaupt nicht älter geworden. Das gleiche, lange, perfekt geschnittene Haar, und ihre Hüften ... verdammt, diese Hüften hatten sich damals die ganze Nacht an meinen gerieben, und ich wollte, dass das niemals enden würde.

Ich hatte sowieso vorgehabt, nach Meridian zurückzuziehen, und als meine Mutter mir von der geschäftlichen Gelegenheit erzählte, die sich dadurch bot, dass William sich zur Ruhe setzte, da ergriff ich sofort die Chance. Dass Madison wieder in der Stadt war, war auf jeden Fall ein willkommener Bonus.

„Was zur Hölle machst du hier?", schrie sie mich an und lief vor, um mich davon abzuhalten, den Saal, wo das Treffen stattfand, zu betreten. „Stalkst du mich? Erst bei der Arbeit und jetzt hier. Was kommt als Nächstes ... unter meinem Bett?"

„Ich könnte, wenn du willst ..."

„Nein, Hunter. Was willst du hier?"

„Ich wollte dem Klub für Alleinerziehende beitreten."

Sie schüttelte heftig den Kopf, als ob sie befürchtete, von einer Biene gestochen zu werden und diese so schnell wie möglich verscheuchen wollte.

„Hallo Hunter, wie geht es dir? Lange nicht gesehen", war die Begrüßung, die ich erwartet hatte. Stattdessen wurde ich beschuldigt, sie zu stalken ... womit sie, um fair zu bleiben, nicht so ganz unrecht hatte.

Es ist ein Klub für alleinerziehende *Mütter*. Männer sind hier nicht erwünscht!"

„Auf dem Flyer stand nichts davon, dass nur Frauen zugelassen sind. Außerdem wäre das sexistisch. Ich könnte dich wegen Diskriminierung verklagen."

Sie wedelte mit dem Finger vor meinem Gesicht, dem Finger, an dem ich früher so gern gelutscht hatte. „Versuch ruhig, mich zu verklagen, mal sehen, wie weit du kommst. Sieh mal, wenn das hier irgendein dummes Spiel ist ..."

Doch dann wurde sie von einer schlanken, hispanischen Frau unterbrochen, der die Geilheit in das Gesicht geschrieben stand.

„Er hat recht. Dort steht nicht ,Klub für alleinerziehende Mütter'. Dort steht ,alleinerziehende Eltern'. Hallo, ich heiße Marta, und ich bin ...", sie wollte sich gerade vorstellen, aber Madison fiel ihr ins Wort.

„Wir dürfen nicht diskriminieren, aber es war von Anfang an klar, dass dieser Klub nur für alleinerziehende Mütter ist", tobte Madison mit hochrotem Gesicht.

Sie war dabei, die Nerven zu verlieren. Sie wedelte mit dem Finger und stampfte mit dem linken Fuß auf. Das hatte sie schon damals in der Highschool gemacht, wenn sie sauer war. Heute Morgen, als sie mich im Büro gesehen hatte, war sie geschockt gewesen, aber sie hatte geschafft, es zu verbergen, indem sie den ganzen Tag kalt wie Eis war.

Vielleicht hatte ich es übertrieben. Vielleicht war das alles zu viel für einen Tag. Dem egoistischen Teil von mir – der sich nichts sehnlicher wünschte, als Madison zurück in mein Leben zu holen – war das egal. Ich wusste, dass es nur eine Frage der Zeit war, bis sie wieder in meinen Armen lag.

Ich drängte mich an ihr vorbei und versuchte, durch diese verdammte Tür zu kommen. „Meine Damen, haben Sie etwas dagegen, wenn ich mich Ihnen anschließe?"

Einen Moment lang herrschte komplette Stille, dann erschallte ein Chor von *Nein*.

Bevor sie damit fertig waren, mir alle Gründe zu nennen, warum ich bleiben und mich anmelden könnte, legte Madison wieder los.

„Ich bin die Gründerin dieses Klubs. Die Besitzerin. Ich kümmere mich um die Mitgliederaufnahme und ich sage Nein."

Marta stellte sich an meine Seite, und zwar so nahe, dass sie fast wie eine zweite Haut war.

„Also, wir leben in einer demokratischen Gesellschaft und ich finde deine Einstellung sehr sexistisch. Wir könnten ein bisschen frischen Wind gut gebrauchen."

Ich fragte mich, ob sie das für den Klub oder für ihr Schlafzimmer meinte.

Aber egal, ich war drin, und es gab nichts, was Madison daran ändern konnte.

„In der Schule meiner Tochter gibt es noch einige andere alleinstehende Väter ... ich könnte sie ja fragen, ob sie auch kommen wollen. Ihr wisst schon, um mehr Mitglieder zu bekommen." Ich richtete meinen Vorschlag an die Frauen und schenkte ihnen mein charmantestes Lächeln. Das klappte eigentlich immer und heute war keine Ausnahme.

Es gab da nur ein ganz kleines Problem ... ich kannte keine alleinstehenden Väter. Aber morgen, wenn ich Olivia zur Schule brachte, dann würde ich sicher welche finden.

Wie schwer konnte das schon sein?

„Wage es nicht einmal zu denken, dass du unseren Klub als deinen persönlichen Datingservice nutzen kannst. Diese Frauen haben schon genug Probleme. Hast du das kapiert?"

Ich nickte hinterhältig, denn sie hatte mich völlig falsch verstanden. Ich war nicht hier, um Frauen aufzureißen.

Ich wollte in ihrer Nähe sein.

Ich wollte genau da wieder anfangen, wo wir aufgehört hatten, und eine Sache war todsicher ... ich bekam immer, was ich wollte. Dieses Mal würde ich kein Nein akzeptieren.

Kapitel Drei
Madison

Er war noch genau der gleiche arrogante Arsch wie damals in der Schule. Eine gefährliche Kombination. Er drang zu mir durch ... mein einziger Klub. Mein einziges geselliges Beisammensein in der Woche wurde mir einfach weggenommen.

In der Highschool hatte ich ihn geliebt, mich nach ihm verzehrt ... und dann ging alles schief. Ich habe ihn von mir gestoßen, und egal was geschah, ich konnte es nicht zurücknehmen.

Also tat ich, was jeder tat, um sich von einer gescheiterten Beziehung zu erholen. Ich ging mit dem sicheren Typ Mann aus ... jedenfalls glaubte ich das damals ... nachdem ich die Stadt verlassen hatte. Ich suchte einen Mann, der mich akzeptieren würde. Einen, der mir meine Fehler verzeihen und mich so lieben würde, wie ich war.

Das dachte ich. Wir heirateten, aber als ich schwanger war, hat er mich einfach sitzen lassen. Er behauptete, dass in unserer Beziehung alles viel zu schnell ging.

Wir waren verheiratet!

Meine Nummer Sicher stellte sich als die schlechteste Wahl heraus.

Jetzt war Hunter mit seinem eigenen Kind zurück. Ich hatte in der Presse gelesen, dass ein Mädchen ihr Baby im Krankenhaus zurückgelassen hatte, mit einer Nachricht, dass das Baby von ihm sei. Als die Behörden die Sache untersuchten und sich herausstellte, dass es stimmte, machte die Geschichte Schlagzeilen. Der Football-Star war über Nacht zum Vater geworden.

Ich bekam ab und zu Gelegenheit herauszufinden, was er machte, wenn ich seine Mutter traf. Sie ging noch immer jeden Samstag um die gleiche Zeit im gleichen Walmart einkaufen. Sie konnte mich immer noch nicht ausstehen, das war offensichtlich. Sie war ein echtes Gewohnheitstier und bis jetzt, hatte ich mich gefragt, ob ich genauso war. Immer noch hinter dem einen Kerl her, der mir das Herz gebrochen hatte.

Es war, als wäre die Zeit spurlos an ihm vorübergegangen. Er betrachtete mich mit den gleichen, durchdringenden Augen. Er grinste, sobald er sah, dass ich genervt war, und was die Anziehungskraft betraf, so hatte es sein Lächeln immer noch voll drauf.

Ich hasste ihn.

Nein, ich hasste mich selbst, weil seine Gegenwart mich so sehr aufwühlte.

„Madison, jetzt reg dich doch nicht so auf", schimpfte Marta, als alle den Flur verließen, wobei sie ihren Blick auf Hunters Hintern geheftet hatte. „Wir bekommen frisches Blut in die Gruppe. Du hast letzte Woche selbst gesagt, dass das nötig ist."

Ihre dunklen Augen leuchteten auf wie ein Weihnachtsbaum und ich hatte den Eindruck, dass sogar ihr brauner Pony sich bewegte, als ob sie im Schockzustand wäre.

Ich hatte geglaubt, dass er jetzt fett und hässlich wäre, da er nicht mehr Football spielte, weil er jetzt Vollzeitvater war. Er hatte den Sport aufgegeben, um sich ganz um seine Tochter kümmern zu können, was gleichzeitig bewundernswert und nervtötend war. Wenn es ein anderer Mann wäre, dann würde ich mich wahrscheinlich sehr für ihn interessieren.

Aber das war nicht der Fall.

Er war Hunter.

Als ich das Dümmste in meinem Leben tat, sagte er, dass er mir verzeihen würde. Aber das tat er nicht. Nicht wirklich.

„Wir brauchen kein frisches Blut."

Marta lachte. „Entspann dich. Er sagte, er würde Freunde mitbringen."

„Na und?" Ich stemmte energisch die Hände in die Hüften.

„Na ja, da er dir anscheinend immer noch unter die Haut geht, kann dich vielleicht einer seiner Freunde etwas abkühlen. Ich würde ihn sicher nicht von der Bettkante schubsen."

„Du würdest keinen von der Bettkante schubsen", mischte Tiana sich ein.

Warum redeten wir eigentlich immer noch über Hunter?

„Warum musst du immer so eine Schlampe sein?", knurrte Marta im Weggehen. Sie hatte recht ... Tiana schaffte es ständig, alle zu nerven.

„Sie kann es einfach nicht einstecken, weil sie fünf Babys von fünf verschiedenen Männern hat!"

Ich sah Tiana an, als ob sie von einem anderen Planeten war. Einem, den wir in dieser Gruppe nicht unbedingt vertreten haben wollten.

Marta liebte Männer ... nein, Marta liebte *Sex* ... und sie musste die fruchtbarste Frau auf unserem Planeten sein. Sie hatte der Gruppe erklärt, dass sie beim ersten Mal Kondome, beim zweiten Mal ein Diaphragma und beim dritten Mal eine Spirale benutzt hatte ... danach hatte ich den Überblick verloren. Der sicherste Sex für sie war definitiv *kein* Sex!

Tiana stemmte die Hand auf die Hüfte. „Wenn ich mich jemals mit einem Mann außerhalb meiner Rasse einlassen würde", sagte sie und zeigte auf die Stelle, wo Hunter gerade noch gestanden hatte, „dann wäre er der Glückliche."

Ihr Kommentar machte mich wütend. Er war das perfekte Beispiel für einen anderen Grund, warum die anderen Mitglieder sich über sie beschwerten ... sie glaubte, dass sie besser sei als alle anderen.

„Tiana." Ich zögerte und wartete, bis Marta außer Hörweite war, als sie zur Tür ging. „Warum musst du dich immer wie eine totale Schlampe verhalten?"

„Wie hast du mich gerade genannt?"

„Du hast mich gehört. Es war nicht in Ordnung, was du zu Marta gesagt hast. Wir sind nicht hier, um zu urteilen. Der Zweck dieser Gruppe ist, dass wir uns gegenseitig unterstützen, und egal was du von Marta hältst, ihre Kinder gehören zu den liebsten der ganzen Gruppe."

Verglichen mit deinen, hätte ich noch hinzufügen können, aber ich hatte keine Lust, bösartig zu werden. Ich wollte nur, dass sie lockerer wurde und nicht so hart urteilte. Aber je öfter ich mit ihr sprach, desto mehr wurde mir klar, dass sie einfach nicht aus ihrer Haut heraus konnte.

„Keiner meiner Männer ist einfach abgehauen!", fauchte Tiana, um ihre Kritik zu rechtfertigen.

„Ja, weil sie beide tot sind. Das wissen wir", sagte ich ausdruckslos. Aber ich ärgerte mich über mich selbst, dass ich bei ihrer Geschichte mitspielte, obwohl ich überzeugt war, dass das eine Lüge war.

Wie groß ist die Chance, dass zwei Männer innerhalb von zwei Jahren den gleichen tragischen Unfall haben? Ziemlich gering. Aber das war die Geschichte, die sie allen erzählen wollte, und ich wollte mich nicht einmischen.

„Außerdem, unter all dem hier ...", Tiana deutete mit der Hand von oben bis unten auf ihren Körper. Ich betrachtete das übermäßige Make-up, das knappe Kleidchen, in das sie ihren üppigen Körper gequetscht hatte ... und wollte gar nicht wissen, was darunter verborgen lag.

„Darunter bin ich sehr empfindsam", fuhr sie fort. „Ich habe den tragischen Verlust meiner beiden geliebten Männer noch immer nicht verarbeitet."

Das war eine fruchtlose Diskussion. Ich musste zu Plan B übergehen und ihren Hintern rausschmeißen.

An diesem Abend gab es nur ein Gesprächsthema: Hunter und seine Freunde und Tianas Anwesenheit.

Früher am Abend, als sie im Gemeinschaftsraum erschienen war, hatte ich die Gruppe durch eine WhatsApp-Nachricht vorgewarnt.

Noch ein Versuch!

Die WhatsApp-Gruppe nannte sich „Raus mit Tiana", und war von Marta gegründet worden. Darin waren alle Mitglieder des Klubs außer Tiana. Sie wusste gar nichts davon.

„Weißt du, ich verstehe, dass du geliebt werden willst, und es ist immerhin schon eine Weile her, seit du einen Mann hattest. Du musst dich nur etwas entspannen", sagte Tiana sarkastisch, tätschelte meinen Arm und drehte sich um und ging.

Ich versuchte nicht einmal ein falsches Lächeln, als ich mein Telefon betrachtete. Die Gruppe war aktualisiert worden und einige Mitglieder hatten über sie geschrieben.

Marta: Wenn sie zum nächsten Treffen auftaucht, dann bin ich weg!

Cat: Ich auch!

Lena: Ich auch!

Während des Treffens hatte Hunter alle von dem Thema Tiana abgelenkt, aber ich würde nicht zulassen, dass er ihnen etwas vorspielte.

Hunter hatte einen Plan. Er hatte schon damals in der Highschool einen gehabt, und jetzt hatte er auch einen. Aber jetzt war ich diejenige, die gewinnen würde.

Ich würde ihn nicht wieder in mein Leben einlassen ... das würde mein Herz nicht mehr überleben.

Kapitel Vier
Hunter

Am Montagmorgen wollte ich als Erstes zu Hause arbeiten. Gott sei Dank gehörte die verdammte Firma mir, also musste ich nicht ins Büro gehen. Meine oberste Priorität für heute war, einige alleinerziehende Väter zu überzeugen, der Gruppe beizutreten. Ich schickte Madison eine Nachricht, dass ich heute nicht ins Büro kommen würde und dass sie meine Anrufe auf mein Handy umleiten sollte. Aber eigentlich rief kaum noch jemand im Büro an ... die meisten neigten dazu, direkt auf dem Handy anzurufen.

Ich brachte Olivia früh zum Kindergarten, um einige der Väter abzupassen. Ich wusste, dass einige ihre Kinder zur gleichen Zeit wie ich absetzten, also war ich bereit und wartete schon auf sie. Ich hatte sogar am Vorabend Madisons Flyer kopiert ... aber ich hatte das ganze Rosa rausgelassen, den Stillratgeber und einigen anderen frauenspezifischen Kram, und stattdessen ein paar Männersachen eingefügt. Dinge, die uns interessierten.

"Hi, ich bin Hunter James, und hier gibt es eine Gruppe für alleinerziehende Eltern ..." stellte ich mich vor und gab dem ersten Vater einen Flyer.

„Gibt es da viele Frauen?", fragte er und seine Augen leuchteten auf. Er zog grinsend seine Baseballkappe vom Kopf, und es schien mir, als ob ihn die Elterngruppe gar nicht interessierte und er nur eins wollte.

Eine der Mütter ins Bett kriegen.

Ich zögerte, ihm zu antworten, denn das war wirklich nicht der Grund, warum ich ihn einlud. Ich wollte nicht, dass ein paar Typen auftauchten, nur um alleinstehende Mütter abzuchecken. Ich wollte Madison beweisen, dass sie unrecht hatte. Es gab tatsächlich einige Männer in der Stadt, die es als alleinerziehende Väter nicht leicht hatten.

Ich wollte sicher sein, dass mein Plan aufging, doch bis jetzt fragte ich mich, ob ich mir nicht zu viel vorgenommen hatte.

„Was ist das, Schatz?", fragte eine blonde schwangere Frau und nahm ihm den Flyer aus der Hand.

„Eine Gruppe für alleinerziehende Eltern, mit Treffen und Babysitting Service. Verdammt, so etwas könnte ich gut gebrauchen. Okay, es ist am Freitagabend. Nicht gerade toll, aber ich kann versuchen, zu kommen."

„Es ist nur für alleinerziehende Eltern. Ich dachte, er wäre Single", wandte ich mich erklärend und entschuldigend an die Frau.

Sie lachte und gab mir den Flyer zurück. Der Typ sah mich stirnrunzelnd an. Er sah aus, als wäre er gern Single.

Eine ältere Dame mit Brille kam zu mir und tippte mir auf den Arm. „Sagten Sie, eine Gruppe für Singles?"

Ich nickte. „Ja, wissen Sie, für alleinerziehende Eltern, damit wir uns gegenseitig unterstützen können, aber ..."

„Sind da auch Frauen drin?", fragte sie, bevor ich weiterreden konnte, und starrte in die Ferne, als ob sie über etwas nachdachte.

„Ja, bis jetzt sind ..."

„Und sie suchen Männer."

Ich nickte. Es hatte keinen Zweck, dazu etwas zu sagen.

„Ich kenne einige Männer, die perfekt für diese Gruppe sind."

Damit hatte sie meine Aufmerksamkeit erregt.

„Der eine ist mein Sohn und der andere mein Ehemann."

Sie nickte und ging wieder weg. Ich sah ihr verwirrt nach, bis ein paar andere Männer, die das Gespräch mitbekommen hatten, zu uns kamen und sagten, dass sie gern mitmachen würden.

Einer von ihnen war ein Sportler, der sich nach einer Knieverletzung zur Ruhe gesetzt hatte. Mein Plan schien aufzugehen, obwohl ich den leisen Verdacht hegte, dass einige, wie der erste Typ, bereits Frauen hatten, und nur bei der Gruppe mitmachen wollten, um etwas Action nebenbei zu suchen. Wenn ich herausfinden würde, dass einer von ihnen bereits vergeben war, dann brauchte Madison ihn nicht rauszuschmeißen. Das würde ich gern übernehmen. Aber egal, ich freute mich, dass die Männer sich unterhielten und die Neuigkeit verbreiteten.

„Wir werden kommen, Hunter."

Genau diese beruhigenden Worte wollte ich hören. Madison würde mich nicht rausschmeißen, wenn sie sah, dass einige Männer mit den gleichen Problemen zu kämpfen hatten wie die Frauen. Sie würde sie einfach einlassen müssen. Vielleicht sollte ich mit den Männern erst mal einen trinken gehen, um sie besser kennenzulernen, bevor ich sie zum ersten Treffen mitnahm?

Alles schien sehr viel schneller zu klappen, als ich erwartet hatte, und ich fühlte mich genauso wie damals, wenn mein Team ein Spiel gewonnen hatte.

Wie ein verdammter Gewinner.

***

Ich hatte einen anstrengenden Tag hinter mir. Ich hatte die Flyer ausgegeben, mich mit meiner neuen Firma vertraut gemacht und bevor ich mich versah, war es Zeit, Olivia wieder abzuholen.

Das bedeutete allerdings nicht, dass mein Tag zu Ende war. Ich musste mich noch um einige Dinge kümmern und wusste, dass meine Mutter später zu mir kommen würde, um etwas Zeit mit Olivia zu verbringen. Das Kindermädchen hatte heute Abend frei, also hatte meine Mutter die Gelegenheit, ihrer Eigenschaft als Oma getreu, Olivia nach Strich und Faden zu verwöhnen. Sie fand das toll, aber Olivia fand es natürlich noch toller.

„Hey Mom, wie geht's?", fragte ich, als ich in die Küche kam.

Sie war mein Fels in der Brandung, wenn es um Olivia ging. Ich weiß nicht, was ich getan hätte, wenn sie nicht ihre Hilfe angeboten hätte, das war ein weiterer Grund, warum ich beschlossen hatte, hierhin zurückzuziehen. Zu dem Zeitpunkt wusste ich noch nicht, dass Madison nach ihrer bitteren Scheidung auch wieder hierhin gezogen war.

„Du hast wieder so ein verschmitztes Lächeln im Gesicht. Das bedeutet, dass du etwas im Schilde führst."

Mom kannte mich einfach zu gut; ich konnte nichts vor ihr verbergen. Es war eine Schande, dass sie nicht so wachsam gewesen war, als mein Vater, ein Jahr bevor ich ins College ging, mit seiner Sekretärin durchgebrannt war. Sie hatte die Anzeichen nicht erkannt, ich allerdings auch nicht.

„Ich habe heute Madison gesehen."

Plötzlich erlosch ihr Lächeln und ihre grünen Augen verdüsterten sich. Sie strich ihr von grauen Fäden durchzogenes schwarzes Haar zurück, ihre neckende Art war völlig verschwunden und sie ging zurück, als wollte sie die Küche verlassen.

„Mom?", fragte ich und hielt sie zurück.

„Na ja, du weißt ja, was ich von Madison gehalten habe, nachdem ihr euch in der Highschool getrennt hattet. Sie fragt immer noch nach dir. Ich bin ja nicht blöd ... ich weiß doch, dass es kein ‚Zufall' ist, wenn ich ihr bei Walmart begegne. Sie ist immer noch heiß auf dich, und du ... manchmal denke ich, dass du deinem Vater sehr ähnelst."

In vielen Dingen verließ ich mich total auf meine Mutter, und sie war unbezahlbar, wenn ich Ratschläge brauchte, um Olivia ein guter Vater zu sein. Aber ich erzählte ihr nicht alles aus meinem Leben. Nicht wie Dad. Ich sah ihn regelmäßig und fand es manchmal leichter, mit ihm zu reden, da er nicht so hart urteilte. Als Teenager hatte ich ihn zwar gehasst, weil er Moms Herz gebrochen hatte, aber er war immer noch mein Vater und ich konnte mich auf ihn verlassen.

Außerdem gab es einen schmalen Grat der Angemessenheit in der Beziehung zwischen Mutter und Sohn, den sie nie respektierte, wenn es um Madison ging.

„Mom, ich habe einen Fehler in der Vergangenheit gemacht. Das habe ich dir erzählt. Ich verstehe nicht, warum du mir einfach nicht glauben willst."

Sie verzog das Gesicht, als ob sie etwas Übles gerochen hätte. Ich war eigentlich nur in die Küche gekommen, um mir ein Bier zu holen, bevor ich mich wieder an den Computer setzte, um meine anderen Geschäfte online zu checken. Ich hatte keine Lust, mir ihre Kommentare über mein persönliches Leben anzuhören.

Glücklicherweise erschien mein Name noch immer in den Schlagzeilen, seit ich mich frühzeitig aus dem Football zurückgezogen hatte, was es mir einfacher machte, im Sportsektor weiter zu arbeiten. Ich wollte nicht, dass Olivia in Vegas aufwuchs, und wünschte mir ein etwas ruhigeres Umfeld für sie. Deshalb stellte ich einen Geschäftsführer für mein Unternehmen in Vegas ein und war vor sechs Wochen hierher gezogen.

Ich wollte den größten Teil meiner Zeit meiner Rolle als Vater widmen, aber ich brauchte auch etwas, um mich zu beschäftigen.

Olivia sollte bald in den Kindergarten kommen und würde nicht mehr den ganzen Tag bei mir zu Hause verbringen. Ich musste dringend mal wieder aus dem Haus, also als ich hörte, dass William verkaufen wollte, dachte ich, das wäre die perfekte Gelegenheit in einem Büro zu arbeiten, wieder unter Menschen zu kommen und neue Kontakte zu den Leuten in meiner Heimatstadt zu knüpfen.

Die meisten Männer, die ich von früher kannte, hatten Meridian verlassen. Einige waren brave Familienväter, aber mit anderen wollte ich mich nicht so gern sehen lassen. Mit denen hatte ich schon in der Highschool nicht abgehangen und jetzt wollte ich erst recht nichts mit ihnen zu tun haben. Sie hatten die Einstellung, dass Frauen zum Ficken ins Schlafzimmer oder bei gesellschaftlichen Ereignissen dekorativ an ihren Arm gehörten.

Meistens fuhr ich Olivia zum Kindergarten, aber wir hatten auch eine Nanny, Andrea, die mit uns aus Vegas gekommen war. Mir war klar, dass es nur eine Frage der Zeit war, bis sie sich hier langweilte und zurück in die Stadt gehen würde, aber bis jetzt war sie noch bei uns, also musste Olivia nicht allzu große Veränderungen in ihrem Leben in Kauf nehmen.

Was meine Mutter betrifft, sie war für uns da, wann immer ich sie brauchte, und sie gehörte zur Familie. Das war unbezahlbar.

Sie reichte mir eine Flasche Bier. Ich wusste schon, dass es mir nicht gefallen würde, was sie sagen sollte. Wir waren uns zum Thema Madison nie einig gewesen. Sogar Dad mochte sie nicht. Eigentlich konnte keiner in meiner Familie sie leiden.

„Sie denkt einfach, dass sie besser ist als alle anderen. Immer herablassend. Ich denke, du könntest es sehr viel besser treffen", sagte Mom und nahm sich auch ein Bier.

„Mom, du weißt doch, warum sie sich in der Highschool so verhalten hat. Es war ganz sicher nicht, weil sie glaubte, sie sei besser als alle anderen."

Ich sah nach unten und erblickte Olivia. Sie stand dort und betrachtete uns, als würde sie bei einem Tennismatch zuschauen. Sie war das süßeste kleine Mädchen der Welt und ich konnte mir ein Leben ohne sie gar nicht mehr vorstellen. Früher dachte ich, dass ich auf keinen Fall eine Familie wollte, aber mit ihr fühlte es sich so selbstverständlich an.

„Daddy", sagte sie und streckte die Arme aus. Ich konnte gar nicht anders, als sie hochzuheben und ihr einen Kuss zu geben.

"Mom, du musst dich damit abfinden, dass Madison die Frau ist, die ich liebe. Ich bin nie über sie hinweggekommen."

Mom schnaubte verächtlich und kippte dann die Flasche Bier herunter, als ob es ein Glas Wodka wäre.

„Ich wünschte, das würdest du. Es ist eine Sache, höflich zu jemandem zu sein, den man nur ab und zu mal am Samstag im Walmart sieht. Aber es ist etwas anderes zu wissen, dass mein Sohn den Rest seines Lebens mit diesem Jemand verbringen will. Können wir dieses Kapitel nicht ein für alle Mal abschließen?"

Ich beschloss, mich neben Mom an den Frühstückstisch zu setzen und alles andere erst mal außer Acht zu lassen. Außerdem hatte ich das schönste kleine Mädchen in meinem Arm. Wenn sie in meiner Nähe war, fühlte ich mich immer sofort besser, auch wenn ich verärgert war, wie jetzt.

„Nein. Außerdem solltest du wissen, dass Menschen sich ändern können ... und es auch tun."

Sie sprang von ihrem Stuhl auf, entweder gelangweilt oder genervt von diesem Gespräch, und erklärte: „Nicht Menschen wie sie. Wenn überhaupt, werden sie schlimmer."

Madison hatte sich für das, was sie damals getan hatte, entschuldigt, und ich war darüber hinweg. Mom sollte das auch sein. Das war Vergangenheit, und es half niemandem, wenn man immer noch darauf herumritt.

Besonders ich.

Kapitel Fünf

Madison

Diese Woche hatte ich Hunter nur zweimal gesehen. Er flirtete nicht mehr mit mir und versuchte auch nicht, besonders nett zu sein. Eigentlich hatte ich den Eindruck, dass er mir aus dem Weg ging.

Ich hätte mich eigentlich darüber freuen sollen, dass er meine Botschaft verstanden hatte, aber das war ich leider nicht. Stattdessen fühlte ich mich etwas enttäuscht.

Inzwischen war es Freitag, und ich hatte mich die ganze Woche auf das Treffen der alleinerziehenden Mütter gefreut. Das war der einzige Abend, an dem ich nicht arbeiten musste.

Sobald ich auf den Parkplatz fuhr, fiel mir auf, dass es anders war als sonst. Marta, Cat und Lena standen auf dem Platz, der für mich reserviert war.

An der Art, wie sie dort mit verschränkten Armen auf mich warteten, konnte ich sehen, dass sie nicht glücklich waren. Ich seufzte, da ich wusste, dass ich heute Abend den Mumm aufbringen musste, das zu tun, was ich in den letzten Wochen vor mir hergeschoben hatte ... ich musste Tiana beibringen, dass sie gehen musste.

Ich atmete tief durch, parkte mein Auto und öffnete langsam die Tür. Ich konnte sie kaum aufbekommen, und schon gar nicht aussteigen, da sie sich alle um mein Auto drängten.

„Madison, das wirst du nicht glauben", platzte Marta, mit verstörtem Gesichtsausdruck heraus, sobald ich die Tür einen Spalt geöffnet hatte.

Oh Gott. Tiana musste es heute wirklich maßlos übertrieben haben.

„Da drinnen sind Männer!", rief Cat, die sich nicht länger zurückhalten konnte. Cat neigte dazu alles auszusprechen was ihr auf der Seele lag und nichts zurückzuhalten. Sie war sehr aufgeschlossen und wann immer wir etwas organisierten, war sie die Erste, die sich freiwillig meldete. Sie brauchte diese Treffen genauso sehr wie ich. Vielleicht sogar noch mehr.

„Hunter!", stöhnte ich genervt. Der Mann war so verdammt durchschaubar. Ich wette, er hatte alle Hebel in Bewegung gesetzt, um sein altes Footballteam zum Kommen zu überreden.

Ich seufzte. „Wie viele?"

„Ich habe nicht alle gezählt", antwortete Marta.

„Was meinst du, du hast sie nicht alle gezählt ..."

„Fünfzig!", platzte Cat heraus, bevor ich meinen Satz beenden konnte.

„Aber dann sind sie ja mehr als wir!"

„Genau! Wir sind gekommen, um dich zu warnen, da wir wussten, dass du nicht gerade begeistert sein würdest."

Ich wusste nicht, wie ich Cats Feststellung aufnehmen sollte. Sie stand mir noch immer im Weg, sodass ich nicht aussteigen konnte. Es tat mir schon weh, ständig gegen die Autotür zu drücken und zu versuchen, auszusteigen. Ich schob sie aus dem Weg."Jetzt geh mir doch mal aus dem Weg."

Sie schüttelte den Kopf, als ob ihr jetzt erst klar wurde, dass sie mich daran hinderte, nicht nur ein, sondern beide Beine aus dem Auto zu schwingen.

„Hast du was zum Schminken mitgebracht? Deshalb habe ich hier auf dich gewartet. Ich sagte, wenn jemand etwas dabei hat, dann sicher du. Du bist immer gut geschminkt, auch wenn du gerade aus dem Büro kommst", sagte Marta.

Ich wusste nicht, ob ich stolz oder beleidigt sein sollte.

„Ich habe ein paar Sachen in meiner Handtasche. Warum?"

„Weil ich nicht wusste, dass er so viele Männer mitbringen würde! Ich habe mich nicht mal schick angezogen! Hast du irgendwelche süßen Klamotten dabei?"

Was war nur ihr Problem? Sie waren wie rollige Katzen! Ich hatte mal eine Katze, deshalb kannte ich die Symptome.

„Natürlich nicht", sagte Cat nachdrücklich. „Sie trägt doch immer einen Rock und eine gestreifte Bluse. Sie wird heute auch nichts anderes anhaben."

Ich wollte gerade fragen, was sie gegen meine Art mich zu kleiden einzuwenden hatten, aber da kam Tiana auf mich zu. Es sah aus, als hätte sie schon einen der Männer im Schlepptau, bevor das Treffen überhaupt angefangen hatte.

„Verdammt, ich möchte wetten, sie hat sich schon einen der Guten geangelt", seufzte Cat, als Tiana winkte und auf das Auto zukam.

„Wenn sie eines ihrer Kinder mitgebracht hat, dann würde er schreiend wieder hineinrennen", kicherte Marta, die meine Handtasche nach Make-up durchsuchte, und wir mussten alle lachen.

Als Cat endlich aus dem Weg ging, schloss ich die Autotür und mir wurde klar, dass die Gruppe, die ich vor zwei Jahren ins Leben gerufen hatte, von nur fünf auf vierzig Mitglieder angewachsen war, und sich zu etwas wie einem Dating Service verwandelte.

„Das ist kein Make-up. Nur Puder und ein Lippenstift." Marta ließ meine Tasche sinken und gab sie mir mit gesenkten Schultern zurück.

Ich hatte sechs Monate gespart, um mir diesen Puder und den Lippenstift leisten zu können. Aus dem gleichen Grund trug ich auch immer die gleichen Klamotten. Das waren meine guten Sachen, die ich zu besonderen Gelegenheiten trug, wie Arbeit, Kirche und Hochzeiten. Ich hatte dieses Outfit schon seit fünf Jahren und meine Gruppe sah mich jede Woche darin, deshalb war es klar, dass ihnen das auffiel.

„Du brauchst keine Schminke. Wir müssen einfach nur entspannt bleiben und nichts übereilen", sagte ich und versuchte Marta zu überzeugen, dass ich alles unter Kontrolle hatte. Was, wenn sie die Wahrheit über mein Leben wüssten, was wirklich hinter der Fassade steckte, die ich ihnen jede Woche präsentierte? Sie würden eine leere Hülle sehen, eine die nur Hunter hätte füllen können, wenn er nicht mein Herz gebrochen hätte. Ich versprach mir damals, mein Herz nie wieder zu verschenken, und hatte es sogar geschafft, zu heiraten, ohne mein Versprechen zu brechen.

„Was denkst du gerade?" Cat starrte mich mit ihren dunklen Augen forschend an. Sie war mein Fels in der Brandung gewesen, seit ich die Gruppe ins Leben gerufen hatte. Sie hatte drei Kinder, und neben ihr fühlte ich mich erbärmlich. Sie hatte ihre eigene Anwaltskanzlei und schaffte es trotzdem, ohne Probleme ihr Leben im Griff zu haben. Sie sah immer aus, als ob sie direkt vom Friseur käme und zu allem bereit war.

„Nichts", flüsterte ich und dachte im Stillen, dass Cat eigentlich viel besser dazu geeignet wäre, die Gruppe zu leiten. Sie war erfolgreich. Schön. Sportlich. Ihr einziger „Makel" war, dass sie Single war, aber ihr Ehemann war gestorben, im Gegensatz zu meinem, der einfach jeder Verpflichtung aus dem Weg gehen wollte. Wir waren doch verheiratet ... war es da nicht ganz natürlich, eine Familie zu gründen?

Marta nahm meine Hand. „Ich dachte, nachdem du deinen Ex wiedergesehen hast, würdest du dich anders anziehen."

„Daran, wie ich mich anziehe, gibt es nichts auszusetzen."

Sie tauschten einen Blick und dann stellte sich Lena zu mir. „Wenn wir das nächste Mal ausgehen, schlage ich vor, dass wir shoppen gehen."

„Ernsthaft jetzt, Ladys, das hier ist keine Datinggruppe", mahnte ich und musste mich zusammenreißen, um nicht die Augen zu verdrehen. „Es geht darum, dass wir uns gegenseitig unterstützen."

„Verdammt, Madison. Das haben wir die letzten zwei Jahre getan", sagte Marta.

„Genau", stimmte Lena zu. „Wir sind alleinstehende Mütter, keine toten Mütter."

„Was soll das denn wieder heißen?"

„Das heißt, dass es absolut okay ist, auch mal Spaß zu haben",sagte Marta und zog mich weiter.

Mir gefiel ihr Ton nicht, aber vor allem gefiel es mir gar nicht, wie sie alle über mein Aussehen sprachen. Besonders, da ich Marta von meinen Problemen erzählt hatte, dachte ich, dass sie mir etwas mehr Respekt zeigen würde, aber das schien nicht der Fall zu sein.

Ich hatte mich schon lange nicht mehr so einsam gefühlt.

Kapitel Sechs

Hunter

Marta zog Madison an der Hand in den Raum hinein. Ich musste zugeben, dass alles etwas aus dem Ruder gelaufen war. Ich hatte mir schon gedacht, dass die Männer die Nachricht weiterverbreiten würden, aber mit einem solchen Ansturm hatte ich nicht gerechnet. Ich war mir nicht einmal sicher, ob sie wirklich alle alleinstehend waren.

Dem Gesichtsausdruck einiger der Damen nach zu urteilen, hofften sie, dass sie alle Single waren.

„Madison, das habe ich nicht gewollt", sagte ich zu meiner Verteidigung, als ich zu ihr ging. Ich konnte sehen, dass sie echt sauer war, aber bevor sie einen Wutanfall bekam, wollte ich sie wissen lassen, dass das wirklich nicht meine Absicht gewesen war.

„Was hast du denn gewollt, Hunter? Mich zu bestrafen?"

Ohne auf eine Antwort zu warten, drehte sie sich um und ging. Ich lief ihr nach.

„Sieh mal, ich wollte doch nur der Gruppe beitreten. Das habe ich nicht erwartet. Ich wollte nur ..."

Bevor ich meinen Satz beenden konnte, verließen die anderen paarweise den Raum, bis auf Marta, die an jeder Seite einen Mann hatte.

„Hallo! Hallo, wo wollt ihr alle hin?", rief Madison, in einem schwachen Versuch, eine gewisse Ordnung wiederherzustellen.

Keiner beachtete sie, also nahm ich mir ein Mikrofon, das auf dem Tisch lag, und wiederholte die Frage. „Hey! Wo wollt ihr alle hin?"

„Also, Harry hier", fing Marta an zu erklären und lächelte den Mann zu ihrer Linken an.

„Nein, ich bin John", unterbrach er sie.

„Okay, *John* nimmt mich mit zu sich nach Hause und zeigt mir seinen neuen ..."

„Autositz", schlug er vor.

Ich schüttelte den Kopf. „Aber steht dein Auto nicht draußen auf dem Parkplatz?"

Die beiden sahen sich an und gingen einfach weiter. Andere folgten ihrem Beispiel, aber Madison wollte das nicht durchgehen lassen. Sie rannte zu einer der Frauen und versperrte ihr den Weg.

Das konnte nur eins bedeuten ... sie war verzweifelt. Madison würde gleich in die Luft gehen, und darauf sollten besser alle vorbereitet sein.

„Ich habe mehr von euch erwartet! Ich kann nicht fassen, dass ihr alle einfach so abhaut!", schrie sie.

„Ach, komm schon, Madison", sagte eine der Frauen. „Keine von uns sieht noch irgendeinen Sinn in diesen Treffen. Außerdem sieht Hunter aus, als ob man mit ihm eine Menge Spaß haben könnte."

Die Frau zwinkerte mir zu. Ich wusste, dass diese Geste Madison zum Ausrasten bringen würde, also eilte ich zu ihr und nahm ihren Arm.

„Lass sie gehen", bat ich. Sie kämpfte auf verlorenem Posten.

„Ich habe doch gesagt, dass es mir leidtut. Wie oft muss ich das denn noch sagen?"

Sie fing an zu schluchzen und ich wusste auf einmal, dass sie dachte, dass das alles hier mit der Vergangenheit zu tun hatte. Sie wich ein Stück vor mir zurück, wahrscheinlich um sich ihre Handtasche zu nehmen.

Also beschloss ich, der Sache endgültig ein Ende zu setzen. Sie glaubte, dass ich in der Vergangenheit lebte, aber das stimmte gar nicht. Meine Familie musste noch darüber hinwegkommen, aber so wie es aussah, waren sie nicht die Einzigen.

„Madison, ich habe das nicht gemacht, um dich zu bestrafen."

Sie blickte sich um und sah, dass wir allein waren. Es war niemand da, der zu ihrer Rettung kommen könnte.

Als wir noch jünger waren, hatten wir uns immer heimlich weggeschlichen, um uns zu treffen, bis wir älter wurden, und unsere

Familien akzeptierten, dass wir zusammen waren. Jetzt war es wieder genauso wie in alten Zeiten.

Ich konnte mich nicht länger zurückhalten. Am liebsten würde ich ihr die Kleider vom Leib reißen und sie auf der Stelle nehmen. Ich zog sie an mich und öffnete ihre Lippen mit meiner Zunge. Sie roch so verdammt süß und schmeckte sogar noch süßer, und ihr blumiger Duft brachte mein Blut zum Kochen.

Ich erwartete eigentlich, dass Madison mich wegstoßen würde, aber das geschah nicht. Kein Protest. Nur ihr schwerer Atem, der mir verriet, dass sie es genauso sehr wollte wie ich.

„Hunter", schnurrte sie, als ich ihre Lippe in meinen Mund zog und sanft daran saugte. Es reichte mir nicht, sie zum Stöhnen zu bringen, ich wollte sie meinen Namen schreien hören. Ich legte meine Arme um sie, hob sie auf den Tisch und stöhnte, als sie sich gegen meinen Schwanz drückte, der zu einem knallharten Ständer anwuchs.

Sie war so verdammt sexy, und ich fragte mich, warum sie noch immer allein war. Warum, nach einer kurzen Ehe mit einem Arschloch, war sie wieder frei für mich?

„Du hast ja keine Ahnung, wie lange ich davon geträumt habe", knurrte ich, dann hob ich ihre Arme und griff nach ihren Brüsten, nach den Nippeln, die zu saugen ich so liebte. Ich musste sie einfach sehen, anfassen und vor allem mit meiner Zunge berühren.

Schnell streifte ich ihre Bluse ab und verschwendete nicht viel Zeit damit, ihr den BH auszuziehen und eine Brust in jede Hand zu nehmen.

Die Erinnerungen an unsere gemeinsame Zeit überrollten mich wie eine Flutwelle. Es fühlte sich so verdammt unglaublich toll an, ihre Brüste wieder in meinen Händen zu spüren. Sie stöhnte auf, als ich anfing sie zu lecken und daran zu saugen. Sie waren noch genauso köstlich, wie ich sie in Erinnerung hatte.

„Scheiße, du bist so unglaublich empfindsam."

Sie schüttelte den Kopf. „Das liegt an deinen Händen, sie sind so groß und sanft. Ich habe es immer geliebt, wenn du mich berührt hast."

Ich stand auf und zog eine Augenbraue fragend hoch. „Du hast es geliebt?"

„Ich liebe es."

Ich schlug eine andere Tonart an, legte meine Hände auf ihren Rücken und zog sie enger an mich, beugte mich herab und liebkoste ihre Brustwarzen mit meiner Zunge. Ihre Haut war so glatt wie Seide. Und so verdammt berauschend. Ich konnte nicht aufhören sie zu küssen, während ich mich in sanften Kreisen bewegte, ihre Schönheit und die Hitze des Moments genoss. Sie bewegte sich vor und zurück und fuhr mit den Fingern durch mein Haar.

Ich fühlte mich, als würde ich jeden Moment explodieren.

Ich versuchte, mich zu kontrollieren, aber es war so verflucht schwer. Ich ließ meine Hände unter ihren Rock gleiten. Er war wahnsinnig eng, aber dann gelang es mir, ihren Hintern zu packen. Ihr Höschen war so schmal, dass es sich wie eine Schnur anfühlte.

Ich drückte ihre Arschbacken und ließ meine Finger über ihre Muschi gleiten, um zu fühlen, wie feucht sie war. Madison fing an zu wimmern und mit einem Ruck war ihr Slip Geschichte. Ich hielt sie fest und stark in meinen Armen, fickte ihren Mund mit meiner Zunge und rieb ihre Klitoris.

Wir waren sehr laut, aber es war mir total egal, ob uns jemand hören konnte. Wir hatten uns so lange zurückgehalten, dass die Leidenschaft der Vergangenheit, innerhalb von Sekunden wieder voll entflammte. Ich wollte sie einfach nur nehmen.

Je näher sie ihrem Orgasmus kam, desto fester hielt ich sie mit meiner anderen Hand fest. Ich wollte nicht, dass sie sich auf den Tisch legte. Dann spannten sich ihre Muskeln, sie schrie und der Orgasmus raste durch ihren Körper.

Es war unglaublich, wie ihr Körper zitterte. Ich verlängerte ihre Lust so lange wie möglich, indem ich ihre Klitoris rieb und sie an mich hielt, sodass sie nicht entkommen konnte.

„Es ist schon lange her", sagte sie atemlos und sah mich noch immer bebend an.

Ich hatte gespürt, dass sie seit Langem niemand angerührt hatte. So wie sie auf jede meiner Berührungen reagiert hatte, sagte mir, dass sie wahrscheinlich einen Dildo hatte. Aber der konnte ihr offensichtlich nicht die gleiche Lust bereiten wie ich jetzt gerade.

Mein Schwanz brachte mich um, er flehte mich geradezu an, in sie einzudringen. Ich konnte nicht einfach ins Bad gehen und mir einen runterholen. Nein, das wäre nicht das Gleiche. Ich musste sie jetzt haben, hier und sofort.

Sie war schon dabei, mir gierig und ohne zu fragen, die Hose zu öffnen.

„Ich habe kein Kondom dabei", sagte ich zögernd. Wir hatten noch einige Dinge zu klären und sie war viel mehr für mich als eine Affäre für eine Nacht ... oder, da es ja noch gar nicht Abend war, eine Affäre für einen Nachmittag.

„Ich nehme die Pille", sagte sie.

Eigentlich hätte mich das freuen sollen, aber ich verspürte eine ziemlich starke Eifersucht. Die Vorstellung, dass ein anderer Mann sie berührte, so wie ich es gerade getan hatte ...

„Was ist los?", wollte sie wissen, als ich mich etwas zurückzog.

Ich antwortete nicht und schüttelte das unangenehme Gefühl ab. Dann schob ich ihre gierigen Händchen beiseite, zog meine Hose runter und ließ meinen Schwanz frei.

„Du solltest dich auf einen harten Ritt gefasst machen."

Sie zog mich schnurrend an sich. „Ich kann es kaum erwarten."

Scheiße, die Vorstellung in sie einzudringen, ohne dass ein Stück Gummi meinen Schwanz von ihren feuchten Falten trennte, machte mich völlig verrückt. Wir hatten es erst einmal ohne getan, einmal, als sie vorgegeben hatte, schwanger zu sein.

Ich packte ihren Hintern und stieß in ihre Muschi. Es gab keinerlei Widerstand und der Hunger, den ich so lange bekämpft hatte, kam mit voller Macht zurück. Ich hatte versucht, ihn zu verdrängen, aber ich hatte mich nach ihr verzehrt.

Wir schrien beide bei jedem Stoß auf. Der Tisch stieß jedes Mal gegen die Wand und unser Stöhnen hallte durch den Raum.

„Hör nicht auf, hör nicht auf!", flehte sie. Meine Bewegungsfreiheit wurde durch meine Hose behindert, die mir auf die Knie gerutscht war, aber das hielt mich nicht davon ab, diese Erfahrung voll zu genießen. Sie hielt sich an mir fest, erst an meinen Armen, dann an meiner Schulter. Es schien, als würde sie völlig die Kontrolle verlieren.

Sie sah umwerfend aus, als mein Schwanz wieder und wieder in sie eindrang. Sie keuchte mit offenem Mund, als eine weitere Welle der Lust sie durchdrang. Sie fühlte sich so unglaublich weich an und durch ihre Feuchtigkeit konnte ich mich leicht in ihr bewegen.

Ich wurde langsamer, da ich nicht so schnell kommen wollte. Ich wollte mir Zeit nehmen, sie zu genießen, also drang ich in langen, sanften Stößen in sie ein. Ich konnte jeden Millimeter von ihr spüren, als ich meine Hüften zurückzog um dann, als mein Schwanz fast aus ihr herauskam, wieder tief in sie zu dringen. Ich wollte sie ganz in Besitz nehmen.

Ich hielt eine ihrer perfekte Pobacken in der Hand, deren sanfte Kurven ich liebte. Sie hatte die perfekte Eieruhrfigur und hatte es nicht nötig, sich super zu stylen oder tolle Klamotten zu tragen. Madison war eine natürliche Schönheit und jetzt gehörte sie mir, nur mir. Wieder.

Ich spürte etwas Animalisches in mir brennen, als ich anfing, sie härter zu ficken. Ich wusste, dass ihre Muschi meinen Schwanz jetzt wie ein Handschuh umhüllte, bis ich in ihr explodierte. Ich wollte den Moment noch ein bisschen hinauszögern.

„Oh, ja", schrie Madison, als ich mich schneller bewegte. Sie kam noch einmal für mich und ich stöhnte, als ihr Körper sich um mich spannte.

Fuck, es war unglaublich, wie unsere Körper aufeinander eingestellt waren.

Ich stieß noch tiefer in sie und dann, mit einem letzten Stoß, begann ich zu zucken. Mein Samen schoss in ihre Muschi und in dem Moment wusste ich genau, dass sie wieder mir gehörte.

Sie wollte mich genauso sehr, wie ich sie wollte, und nun, da ich sie wieder gehabt hatte, würde ich immer und immer wieder für mehr zurückkommen.

Nichts konnte mich davon abhalten.

Kapitel Sieben

Madison

Ich lag halb nackt und schwitzend im Saal. Hunter war in mein Leben zurückgekehrt und ich hatte voll den Verstand verloren.

Es schien beinahe, als könnten wir da weitermachen, wo wir aufgehört hatten, aber ich konnte nicht mehr die gleiche Person sein, die ich damals war. Das bedürftige Mädchen, das schlimme Dinge machte.

Es lag nicht an Hunter, es lag an mir.

Die verrückte Seite von mir, die ich eigentlich gar nicht kannte, zeigte ihr hässliches Gesicht immer, wenn Hunter in der Nähe war. Ich musste dieser Sache ein Ende setzen, bevor sie wieder auftauchte, also schob ich ihn von mir weg.

„Hunter, du darfst das nicht einfach machen."

Er bewegte sich zurück und ich sammelte meinen BH vom Boden auf. Dann suchte ich nach meiner Bluse, die er auf den Tisch geworfen hatte.

„Mina, wir müssen reden."

Das wollte ich nicht. Das wollte ich nie. Er war der Sportler, der coole Typ, dem die Mädels hinterherliefen, und ich war einfach nur Madison, die in einem Trailer aufgewachsen war. Das Mädchen, von dem seine Familie meinte, sie wäre nicht gut genug für ihn.

Ich war einfach das arme Mädchen, mit dem er aus Mitleid ein bisschen abhing.

Damals, als wir zusammen waren, hatte ich meistens panische Angst, dass er mich betrog. Ich folgte ihm manchmal heimlich, um zu beweisen, dass ich mir das nicht nur einbildete.

Er versuchte immer wieder, mich zu überzeugen, aber auf der anderen Seite gab es meine Eltern und alle anderen, die mir ständig sagten, dass einer wie Hunter nicht zu einem Mädchen wie mir gehörte. So sehr ich ihnen auch das Gegenteil beweisen wollte, so glaubte ich es doch selbst nicht und ich hasste mich selbst dafür.

Eines Tages beschloss ich, dass ich ihnen allen zeigen wollte, dass wir uns wirklich liebten. Dass ich das Mädchen war, mit dem er den Rest seines Lebens verbringen wollte. Dann traf ich aus lauter Verzweiflung eine sehr dumme Entscheidung und verlor ihn für immer.

„Was wir hatten, war schön", sagte ich und mied seinen Blick, als ich meine Klamotten richtete.

„Schön?"

Er hielt meine Hand und wollte, dass ich ihn ansah. Dass ich ihm versicherte, dass es der beste Sex war, den ich jemals gehabt hatte. Jedes Mal mit ihm war absolut überwältigend, aber ich wollte sein Ego nicht streicheln. Ich hatte einen Sohn zu Hause und da ich abends im Callcenter und tagsüber in der Firma für Büroartikel arbeitete, hatte ich nichts, worüber ich reden konnte, und auch nicht die Zeit dazu.

Nicht mit ihm. Und nicht jetzt.

„Hunter, du hast es echt geschafft, meine Gruppe für alleinerziehende Mütter aufzumischen."

Ich lächelte und versuchte, den intimen Moment, den wir hatten, zu verscheuchen. Damit er nun für immer mit seinem Leben weitermachte. Ich war Abschaum. Seine Mutter hatte mir das gesagt. Aber sie musste mir nicht erst sagen, was ich schon selbst wusste.

Deshalb versuchte ich immer, mich gut anzuziehen, damit ich mich besser fühlte. Manchmal klappte es und manchmal fühlte ich mich wie eine Heuchlerin.

„Du bist mein Chef. Ich bin schließlich deine Sekretärin, verdammt noch mal. Allein deshalb sollten wir nicht zusammen sein. Es ist doch nicht gut, Arbeit und Privates zu vermischen, oder? Außerdem bist du reich. Ich bin arm. Du hast eine Tochter. Ich habe einen Sohn. Zu viele Dinge stehen gegen uns. Wir sind erwachsen und sollten uns auch so benehmen. Sex löst nicht alles."

Ich sagte das alles so kalt wie Eis. Ich redete genauso mit ihm, wie seine Mutter mit mir sprach, wenn ich sie zufällig traf. Als sie mir sagte, dass es Hunter sehr gut ging. Dass er sehr glücklich war, auch wenn er nicht mit mir zusammen war.

Ich konnte in seinen Augen sehen, dass meine Kälte ihn entsetzte. Sein Schweigen und dass er nicht protestierte, verriet mir, dass er nichts dazu sagen würde. Als ich gerade versuchte, mein Haar wieder in Ordnung zu bringen, kam der Hausmeister herein.

„Es sind schon alle gegangen", sagte er und kratzte sich am Kopf.

„Das Treffen war diese Woche sehr kurz."

Der Hausmeister lächelte, winkte und ging wieder hinaus.

Ich zog eine Augenbraue hoch und lächelte Hunter an. Es war ein falsches Lächeln, um ihm zu zeigen, dass es schön war, aber nicht noch mal passieren würde. Ich wollte nicht, dass er mich wieder als Teenie mit Liebeskummer betrachtete, die alles tun würde, um mit ihm zusammen zu sein. Diese Person durfte ich nicht mehr sein, ich musste nach vorn schauen.

„Wir sollten jetzt gehen", sagte ich ihm.

Er wurde langsam wütend, eine Ader pochte an seinem Hals. Langsam schloss er seinen Gürtel und wandte seinen Blick nicht von mir ab. Die gleichen grünen Augen, die mich früher beruhigt hatten, dass wir für immer zusammen sein würden, bohrten sich nun in meinen Kopf.

Er hatte eine Zukunft, davon hatte er früher immer gesprochen. Eine Weile hatte ich mich gefühlt, als ob ich ein Teil davon wäre.

Ich kämpfte gegen die Tränen an, als ich daran dachte, dass er mir damals gesagt hatte, dass er mir verziehen und meine verzweifelte Tat verstanden hatte. Das hatte er aber nie wirklich.

Er atmete tief durch und sagte: „Danke für den tollen Fick."

Laut genug, sodass Mr. Wile, der Hausmeister, es hörte. Grausam genug, dass die Tränen, die ich so lange zurückgehalten hatte, nun ungehindert flossen.

Ich nahm meine Tasche und drehte mich so schnell um, dass er nicht mehr sehen konnte, dass ich weinte.

Er ging weg und ließ mich dort stehen wie ein Waisenkind am Tag der offenen Tür. Alle anderen Kinder waren abgeholt worden, um adoptiert zu werden, und ich war als Einzige zurückgeblieben, weil keiner mich haben wollte. Ich war nicht hübsch genug oder gut genug, um gewählt zu werden.

Und wieder wusste ich, dass ich dumm gehandelt hatte. Und wie beim letzten Mal war ich mir sicher, dass er mich nicht wollte.

Ich hörte nicht, wie Mr. Wile sich hinter mich stellte. Er legte tröstend den Arm um meine Schulter und lächelte. „Die Geräusche, die ihr gemacht habt ... ich bin sicher, dass er es nicht so gemeint hat."

Ich erwiderte sein Lächeln und dann wurde mir schlagartig klar, was er gesagt hatte. *Die Geräusche, die ihr gemacht habt.*

Mr. Wile wusste genau, was wir gemacht hatten, und als er mir zuzwinkerte, fragte ich mich, ob er uns nur gehört oder auch gesehen hatte.

Bei dem Gedanken beschleunigte ich meine Schritte und eilte zum Auto. Die Vorstellung, dass er uns beobachtet hatte, jagte mir einen kalten Schauer über den Rücken.

Kapitel Acht

Hunter

Diesmal würde ich mich nicht so abfertigen lassen wie gestern. Sie empfand das gleiche wie ich, und ich konnte nicht zulassen, dass sie es einfach nicht zugab.

Gestern war ich wütend gewesen und hatte die Beherrschung verloren. Der gruselige Hausmeister hatte mir noch den Rest gegeben. Nun würden wir uns wie Erwachsene zusammen hinsetzen und darüber sprechen, wie es weitergehen sollte.

Ich hatte ihre Anschrift aus den Personalakten erfahren und stand vor ihrer Tür und drückte die Klingel. Mir war klar, dass ich das nicht hätte tun sollen, aber ich konnte nicht bis Montag warten, um sie im Büro zu sehen, und ich konnte sie auch nicht anrufen. Also hatte ich beschlossen, sie zu besuchen und Verstärkung mitzubringen.

„Daddy, was machen wir noch mal hier?"

„Olivia, das habe ich dir doch erklärt. Wir sind hier, um eine alte Freundin zu besuchen. Keine Angst, sie hat einen Sohn, mit dem du spielen kannst."

„Oh gut. Glaubst du, dass er Nancy auch mag?"

Ich blickte auf die Nancy Puppe hinab, die sie im Arm hielt. Ich hatte schon einmal versucht, ihr beizubringen, dass nicht jeder gern mit Puppen spielte, aber sie war erst fünf und fest davon überzeugt, dass jeder in der Welt Nancy lieben müsste. Die Vorstellung, dass jemand das nicht tun könnte, machte für sie keinen Sinn.

„Ich glaube nicht."

„Ich hätte besser meine Barbie mitnehmen sollen. Alle lieben Barbie, weil sie Ken hat."

Ich musste lachen. Sie glaubte tatsächlich, dass Madisons Sohn Alex gern mit Ken spielen würde, nur weil er eine männliche Puppe war.

Sie machte ein trauriges Gesicht, ließ meine Hand los und streichelte ihre Nancy, als wollte sie ihre Puppe bereits wegen der noch gar nicht erfahrenen Zurückweisung trösten. Am liebsten hätte ich sie gefragt, ob sie mich auch trösten würde, wenn Madison mich zurückwies.

Ich konnte letzte Nacht überhaupt nicht schlafen. Alles, was in dem Saal geschehen war, fühlte sich richtig an, dennoch hatte Madison es abgelehnt. Bevor ich nach Meridian zurückgekommen war, hatte ich meine Hausaufgaben gemacht. Ich wusste, dass sie ungebunden war, und zwar schon seit Längerem. Ihre Schwangerschaft hatte länger gedauert als ihre Ehe, also war das Einzige, was jetzt noch im Weg stand, ihre Sturheit.

Ich hatte einmal zugelassen, dass diese Sturheit uns getrennt hatte, aber das würde mir nicht noch einmal passieren.

„Hunter, warum seid ihr denn gekommen?", fragte sie überrascht, als sie die Tür öffnete. Sie sah aus, als wäre sie gerade erst aufgestanden. Ihr Haar hing ihr ins Gesicht und sie trug ein T-Shirt und Jogginghosen.

Bevor ich antworten konnte, sagte Olivia lächelnd: „Zum Spielen."

Ich sah Madison an und wiederholte Olivias Worte. „Zum Spielen."

Gespannt wartete ich, was sie darauf sagen würde, aber sie starrte uns beide nur an. Vielleicht war es nicht so eine gute Idee gewesen, Olivia mitzubringen. Aber ich hatte gedacht, es wäre das Richtige. Mein Kind und ihr Kind würden sich gut verstehen, und dann würden wir unsere Krise überwinden.

„Oh, tut mir leid, Alex schläft noch."

„Nein, ich bin wach!", rief eine kleine Stimme. Er hopste aufgeregt auf und ab, und wenn ich ihn auf der Straße gesehen hätte, wäre ich niemals auf die Idee gekommen, dass er Madisons Sohn war. Tatsächlich war er das genaue Gegenteil von ihr, mit seinem dunklen Haar und dunklen Augen. Er hatte ein T-Shirt an, das zu viele Begegnungen mit einem Farbpinsel gehabt hatte.

Wir standen an der Tür und fixierten uns, und die einzige Bewegung war Alex im Hintergrund. Es war offensichtlich, dass er sich über Besuch freute, genauso wie ich mich auf einen Moment Zeit mit ihr freute.

Dann erschien Madisons Mutter, die Frau, die viel zu viele Nächte mit verschiedenen Männern der Stadt verbracht hatte, hinter ihr. „Oh, hallo, Hunter."

Ihr Modestil hatte sich nicht verändert ... sie zog sich noch immer so an, als ob sie gleich in einem Nachtklub feiern wollte, obwohl sie schon auf die sechzig zuging.

Ich nickte ihr zu. „Carol."

Es wäre untertrieben zu sagen, dass keine unserer Mütter begeistert von unserer Beziehung war. Meine Mutter hielt Madison für zu bedürftig und meinte, dass ich was Besseres kriegen könnte. Carol betrachtete uns alle als Snobs. Anscheinend reichte die Feindseligkeit zwischen den beiden bis in ihre Highschoolzeit zurück. Allerdings war ich in gewisser Weise einer Meinung mit Carol ... meine Familie war wirklich etwas versnobt ... aber das war nicht der wirkliche Grund, warum sie meine Familie hasste. Damals hatte mein Vater sich für meine Mutter entschieden und nicht für sie.

„Ja, wir sind einfach vorbeigekommen, um zu sehen, ob Alex und Madison vielleicht mit uns in den Park gehen wollen?"

Wir standen zusammengedrängt in der Tür von Madisons Wohnung, als einer ihrer Nachbarn vorbeikam und Carol zuzwinkerte. Offensichtlich hatte sie sich nicht verändert.

Sie beugte sich in ihrem engen Lederrock hinab zu Olivia und fragte: „Gehst du gern in den Park?"

Olivia nickte, hielt aber den Blick fest auf Alex gerichtet, während ich Madison ansah.

„Dürfen wir hereinkommen?", bat ich.

„Hier herrscht eine Riesenunordnung", antwortete Carol an Madisons Stelle. „Könnt ihr eine Minute warten? Wir räumen eben auf."

„Mom, da ist nicht viel aufzuräumen", wandte Madison ein.

Ich fühlte mich, als ob ich da in etwas hineingeraten war, als Carols falsches Lächeln sich in eine finstere Miene verwandelte.

„Das ist kein Problem. Wir werden einfach unten warten", sagte ich, da mir klar war, dass es mir nicht gelingen würde, zur Tür hineinzukommen. Ich wollte nicht noch mehr darauf bestehen, sonst würden die Kinder keine Gelegenheit bekommen, miteinander zu spielen.

Madison nickte und schlug uns ohne ein weiteres Wort die Tür vor der Nase zu. Ich konnte von draußen die Schreie hören, und als ich Olivias Hand nahm und sie die Treppe hinunterführte, sagte sie: „Dad, vielleicht war es nicht so eine gute Idee in den Park zu gehen."

„Warum sagst du das?"

„Seine Mama sah wütend aus. Bist du sicher, dass sie deine Freundin ist?"

Als wir unten angekommen waren, beugte ich mich zu ihr hinab. Ich war überzeugt, dass meine Tochter schlauer war, als gut für sie war. Sie war empfindsam für alle Stimmungen. Ich beschloss, offen mit ihr zu sein ... das war die einzige Möglichkeit, der Sache auf den Grund zu gehen und zu Madison zu gelangen.

„Ja, Daddy war ungezogen." Ich seufzte übertrieben. „Weißt du, ich hätte vorher anrufen sollen, um zu fragen, ob sie einverstanden ist."

„Aha, sie waren also nur überrascht?"

Ich nickte. Sie fing an zu verstehen.

„Dann ist es klar. Daddy war unhöflich. Vielleicht können wir ja noch Barbie und Ken auf dem Weg zum Park abholen?"

„Das können wir."

Sie lächelte. „Gut. Siehst du, du bist gar nicht so ein schlechter Daddy."

Ich wusste nicht, ob sie sarkastisch oder ehrlich war, das hatte ich bei ihr immer noch nicht kapiert. Ich wollte es gerade abtun ... aber dann zwinkerte sie mir zu und hopste zum Auto und ich kapierte, dass sie mich an der Nase herumführte.

Wenn sie jetzt schon so war, dann würde ich in den nächsten Jahren ganz schön ins Schwitzen kommen.

***

„Es tut mir leid, dass Daddy nicht erst angerufen hat", platzte Olivia heraus, bevor Madison ein Wort sagen konnte, als sie auf uns zukam.

Madison lächelte sie an. „Schätzchen, das ist doch nicht deine Schuld. Es tut mir leid, dass ich vorhin so wütend war."

„Das ist okay", strahlte Olivia. „Wird deine Schwester auch kommen?"

„Schwester?", fragte Madison erstaunt.

„Ja, die in deinem Haus", erklärte Olivia und lächelte Madison an.

„Oh, das ist meine Mama."

„Wow, meine Oma zieht sich nicht so an. Sie zieht sich an wie alte Leute", bemerkte Olivia.

„Meine Oma will nicht, dass die Leute wissen, dass sie meine Oma ist, deshalb muss ich sie immer beim Vornamen nennen", sagte Alex, wie um Olivia zu bestätigen, dass seine Oma anders als alle anderen Omas war. Sie liefen nebeneinander her, als würden sie sich schon ewig kennen. Sie hatten mehr gemeinsam, als ich gedacht hatte, und als ich mich umdrehte, sah ich, dass Madison sie auch betrachtete.

„Ich arbeite am Wochenende und am Montag immer abends", sagte sie. Sie wirkte sehr viel entspannter als gestern. Sie trug Jeans und ein T-Shirt, worin sie sich sehr viel wohler zu fühlen schien als in den Sachen, in denen ich sie seit meiner Rückkehr gesehen hatte.

„Es tut mir leid, dass wir dich geweckt haben. Ich wusste nicht, dass du zwei Jobs hast. Wie schaffst du das nur?"

„Na ja, ich bin sicher nicht die Einzige, oder?"

Ich lachte. „Ich sehe, du hast mich auch unter die Lupe genommen."

Sie kam auf mich zu und ich konnte ihr Vanilleshampoo riechen, als sie ihr Haar schüttelte. Ich hätte sie schnell packen und küssen können, wie ich es in dem Saal gemacht hatte, aber die Stimme meiner Tochter holte mich wieder in die Realität zurück.

„Dad, Alex will mit Ken spielen. Wir müssen nach Hause."

Verdammt, meine Tochter konnte ganz schön fordernd sein. Ich hatte gehofft, sie würde die Puppen vergessen, da wir ja im Park waren.

„Wir könnten vielleicht einfach zu deiner Wohnung gehen?", flüsterte Madison, damit die Kinder uns nicht hören konnten.

Ich sah sie an. Eigentlich hatte ich gedacht, dass wir die Kinder zum Spielen ausführen würden und wir so Zeit miteinander verbringen und reden könnten. Vielleicht flirtete sie ja unbewusst mit mir?

Als ich meine Hand auf ihren unteren Rücken legte, schloss sie die Augen und atmete tief ein. Ich wusste, dass sie in diesem Moment das Gleiche empfand wie ich. Ich begehrte sie jetzt genauso sehr, wie ich sie im Saal begehrt hatte, und wusste genau, dass ich ihr in meiner Wohnung nicht widerstehen könnte, egal wie sehr ich mich bemühte.

„Hört sich gut an."

„Ist deine Mutter bei dir?", wollte sie wissen und legte ihre Hand auf meinen Arm.

Ich schüttelte den Kopf. „Nein, sie besucht meine Tante für eine Woche. Aber ich habe eine Nanny, die bei uns wohnt. Sie ist da und wird sich um die Kinder kümmern."

„Dann könnten wir allein sein."

„Ja."

„Hört sich gut an", wiederholte sie meine Worte und meine Gefühle.

Kapitel Neun

Madison

Hunter rief vom Auto aus bei sich zu Hause an und sagte Andrea Bescheid, dass wir auf dem Weg waren und sie sich einige Stunden um die Kinder kümmern sollte. Ich wusste, was er vorhatte.

Seit gestern hatte ich nicht aufhören können, an ihn zu denken, egal wie sehr ich es auch versuchte. Ich hatte ihn sehr kalt behandelt, aber schlussendlich hatte ich mir selbst damit mehr wehgetan als ihm.

Als wir das Haus betraten, stellte Andrea sich vor. Das dunkelhaarige Mädchen verschwendete keine Zeit und führte Olivia und Alex sofort ins Spielzimmer. Ich wusste nicht, wo es war, hatte aber das Gefühl, dass es Alex gefallen würde. Alles war besser, als zu Hause rumzuhängen, wo ich schlief und meine Mutter sich mit ihrem neuen Freund amüsierte.

Alex hatte keine Freunde außerhalb der Schule. Er erzählte von einigen Freunden in der Schule, hatte aber nie Verabredungen zum Spielen. Er hatte ein paarmal gefragt, es dann aber aufgegeben, weil er wusste, dass die Antwort *bald* lauten würde.

Ich hatte zwei Jobs, nicht nur, damit wir unser Dach über dem Kopf behielten, sondern auch um sicher zu sein, dass er alles hatte, was ich als Kind nicht hatte. Doch manchmal machte ich mir Sorgen, dass ich seine wahren Bedürfnisse aus dem Auge verlor, denn am meisten brauchte er eine liebevolle Mutter zu Hause.

„Wieso ist deine Mutter hier? Was ist mit ihrem Haus?", frage ich und fühlte mich wie Alice verloren im Wunderland. Unser Apartment, mit nur einem Schlafzimmer, erschien mir wie ein Tropfen im Ozean verglichen mit Hunters Haus. Wir waren in einem Flur, von dem weitere Flure statt Türen abgingen, aber ich folgte einfach Hunter, ohne zu wissen, in welche Richtung er ging oder wohin er uns führte.

„Oh, das hat sie verkauft. Sie hilft mir mit Olivia, bevor sie wieder auf Reisen geht, um die Welt zu sehen. Ich glaube, sie fing an, sich zu langweilen, denn als ich sie bat, mir zu helfen, war sie mehr als bereitwillig."

„Das macht Sinn."

„Mir ist es recht." Er zuckte die Schultern, als wäre es ihm nicht peinlich, dass er mit seiner Mutter lebte.

Ich lachte. „Du lebst mit deiner Mutter?"

Er nahm meine Hand und sagte: „Ja, warum nicht? Ich mag weibliche Gesellschaft ganz gern. Außerdem habe ich bemerkt, dass sie sich einsam fühlte. Auch wenn es schon lange her ist, mein Vater hat ihr das Herz gebrochen. Ich glaube nicht, dass sie ihn zurückhaben möchte, aber sie vermisst es, mit jemandem zusammenzuleben."

Ich zog schüchtern meine Hand zurück. „Du hattest nie einen Mangel an weiblicher Gesellschaft in der Highschool. Und als Footballstar sogar noch weniger."

Er schüttelte den Kopf und die Stimmung änderte sich, als er durch den Raum ging. Ich sah mich um, und stellte fest, dass es sich um das Wohnzimmer handeln musste. Es war sehr gemütlich eingerichtet, mit einer riesigen Ledercouch, auf der bestimmt zehn Leute sitzen konnten. An den Wänden hingen Fotos von ihm und Olivia sowie einige abstrakte Gemälde. Ich wollte ihn fragen, warum wir in diesem Raum waren, hielt mich aber zurück, da ich spüren konnte, dass er etwas auf dem Herzen hatte. Ich fragte mich, ob es dabei um die Kinder ging, oder um das, was ich vorhin über seine weibliche Gefolgschaft in der Highschool gesagt hatte?

„Was ist mit den Kindern?", fragte ich, als er zur Tür ging.

„Andrea wird sich um sie kümmern. Sie sind im Spielzimmer auf der anderen Seite des Hauses. Vielleicht wird Andrea später noch mit ihnen schwimmen gehen. Wir haben ausreichend Zeit zum Reden, keine Angst."

Ich war versucht ihn zu fragen, warum er einfach uneingeladen an einem Samstagnachmittag bei mir zu Hause aufgetaucht war. Und woher wusste er überhaupt, wo ich wohne?

„Hast du seit gestern schon von den Mädels gehört?", fragte Hunter und kam auf mich zu. Ich wich zurück, hielt aber meinen Blick fest auf ihn gerichtet.

Er ging in die entgegengesetzte Richtung, zu einem dunklen Elfenbeintisch in der Ecke des Raums und legte sein Telefon in die Mitte. Daneben stand ein Klavier, und plötzlich stiegen Erinnerungen in mir hoch, wie Hunter Klavier spielte und sogar manchmal sagte, dass er in Betracht zog, professionell zu spielen. Das Klavier zog mich an wie ein Magnet, als ich daran dachte, wie ich damals zu ihm nach Hause ging, um ihn spielen zu hören, zu hören, wie er seinen ganzen Frust dabei herausließ. Er ging immer völlig in der Musik auf.

Es gab wirklich nichts, was dieser Mann nicht konnte, sein besonderes Talent lag darin, wie begehrt ich mich bei ihm sowohl innerhalb als auch außerhalb des Schlafzimmers fühlte.

„Nein", flüsterte ich, als ich daran dachte, was gestern passiert war. Ich hatte gar nicht bemerkt, dass er jetzt hinter mir stand.

„Möchtest du, dass ich etwas für dich spiele?"

Er setzte sich hin und lächelte mich an, so wie er es früher getan hatte, das Lächeln, das mich mein Leben zu Hause vergessen ließ. Vergessen, dass meine Mutter keine Ahnung hatte, welcher von ihren früheren Geliebten mein Vater war und sie nur bei dem Mann im Trailer blieb, weil er vielleicht mein Vater sein könnte und weil er damals nett zu ihr war.

Vielleicht kümmerte sie sich deshalb um Alex, weil sie sich tief in ihrem Inneren wegen meiner Kindheit schuldig fühlte. Das war ein Thema, über das ich schon lange mit ihr sprechen wollte, aber ich hatte noch nie den richtigen Moment gefunden.

„Was denkst du gerade?"

„Erinnerst du dich noch an das Lied, das du immer für mich gespielt hast, wenn ich mich traurig fühlte?" fragte ich, als ich mich hinsetzte. Ich sah ihn direkt an und fragte mich, ob ich mich dann wieder wie damals fühlen würde. Nicht die Versagerin, die ich war, sondern die Frau, die ich sein wollte.

Er schob mir eine Haarsträhne aus dem Gesicht und fragte: „Bist du traurig?"

Ich nickte, als eine Träne aus meinem Auge floss. „Manchmal."

„Du solltest niemals traurig sein, Madison Young", sagte er sanft und küsste zärtlich meine Wange. „Du bist viel zu schön, um dich immer selbst zu bemitleiden."

Ich musste lächeln, als er den Deckel hob und eine namenlose Melodie spielte. Das mochte vielleicht für jemand anderen nicht viel bedeuten, aber für mich bedeutete es alles.

„Dieses Stück habe ich geschrieben, als ich einmal an dich denken mussten", sagte er und spielte weiter.

„Nur einmal?"

„Na ja, eigentlich sehr viel öfter als einmal."

Ganz ohne Worte erzählten mir die Noten, dass wir Fremde waren und dann irgendwann Freunde wurden. Freunde, die sich ihre tiefsten Ängste erzählten.

Erst durch Hunter erfuhr ich, warum meine Mutter die gesamte James-Familie hasste. Sie war überzeugt, dass Brenda, Hunters Mutter, ihr damals Keith, Hunters Vater, ausgespannt hatte. Sie waren zusammen gewesen, aber offensichtlich war meine Mutter nicht in der Lage, nur einem Mann treu zu sein. Eine Zeit lang fragte ich mich, ob sie sexsüchtig war, aber als ich älter wurde, wurde mir klar, dass sie nur Aufmerksamkeit vom anderen Geschlecht suchte, um zu versuchen, die Leere in ihrem Inneren zu füllen.

Als ich ihm beim Spielen zuhörte, fragte ich mich, ob ich unter der gleichen Sucht nach Aufmerksamkeit litt. Vielleicht hatte ich Hunter deshalb erzählt, dass ich schwanger und in der Abtreibungsklinik war, wohl wissend, dass ein Anwerber für das College im Publikum war. Dieses Spiel wäre entscheidend für ihn gewesen, um das Stipendium zu bekommen, dass er sich so sehr wünschte.

Als das Lied zu seinem dramatischen Ende kam, fiel mir auf einmal auf, dass Hunter sich verändert hatte. Ich drehte mich um und betrachtete ihn. Er saß mit geschlossenen Augen da und ließ seine Finger über die Tasten gleiten. Das Lied brachte mich zum Weinen, und bald flossen meine Tränen unkontrollierbar.

Er sah mich nicht an, als er aufhörte zu spielen, und sagte: „Ich habe das Ende geändert, als du mich verlassen hast. Das Lied war vorher ganz anders."

So hatte ich das allerdings nicht in Erinnerung. Er hatte mich sitzen lassen, nicht umgekehrt.

Ich versuchte, ihn zu berühren, hatte aber das Gefühl, dass ich nicht die Einzige war, die weinte, da er es vermied, mich anzusehen und *Ich gehe mal eben schnell zur Toilette* vor sich hin murmelte, und dann schnell den Raum verließ.

*****

Als er zurückkam, war sein Haar etwas feucht. Ich nahm an, dass er sein Gesicht gewaschen hatte.

Ich setzte ein gekünsteltes Lächeln auf und dachte, dass ich uns den Tag verdorben hatte. Manchmal war ich mein eigener ärgster Feind, wenn es um Glücklichsein ging. Anscheinend wusste ich nie, wann der richtige Moment zum Glücklichsein war.

Er nahm meine Hand. „Komm, ich zeige dir das Haus. Ich habe alles renovieren lassen, als wir eingezogen sind."

„Vor sechs Wochen."

„Wer hat hier wen ausspioniert?"

Damit hatte er mich erwischt. Ich hatte gewusst, dass er in der Stadt war. Eigentlich war ich traurig, dass ich nicht die erste Person war, die er sehen wollte, als er eingezogen war. Ich nahm seine Hand und er führte mich durch das, was er „Haus" nannte. Ich hätte es als Palast bezeichnet.

„Also hier ist der Salon. Ich finde ihn etwas steril, nicht so gemütlich wie das Wohnzimmer, in dem wir gerade waren und in dem wir die meiste Zeit verbringen."

Ich betrachtete das weiße Sofa und die passenden Teppiche, die perfekt platziert waren, als ob alles aus einer Einrichtungszeitschrift stammte. Nichts in diesem Raum war in Unordnung; es war kaum zu glauben, dass ein Kind in diesem Haus wohnte. Die Terrassentür führte in den hinteren Garten und die vielen Dekostücke auf dem Kaminsims gaben dem Raum eine persönliche Note.

In meiner Fantasie stellte ich mir die Feiertage vor. Sie würden einen Weihnachtsbaum in die Ecke stellen, Girlanden spannen und überall Weihnachtsdekorationen aufstellen. Sie hatten alles, wovon ich in meiner mickrigen Wohnung nur träumen konnte.

„Komm mit, ich zeige dir ..."

„Dein Schlafzimmer?"

Hunter grinste wie ein kleiner Junge, der etwas im Schilde führt.

„Was ist mit den Kindern?"

„Wie oft soll ich dir das noch sagen? Andrea ist bei ihnen. Sie wird ihnen etwas zu essen geben. Sie wird mit ihnen spielen. Sie sind in den besten Händen. Jetzt geht es nur um dich und mich."

Bevor ich protestieren konnte, packte er meine Hand und zog mich den Flur entlang und die Treppe hoch. Sobald wir die Schwelle seiner Schlafzimmertür überschritten hatten, knallte er die Tür hinter uns zu.

Er drückte mich gegen die Tür und legte seine Hände auf meine Hüften. Eigentlich wollte ich ihm sagen, dass ich mit ihm reden wollte, dass wir uns vielleicht erst wieder kennenlernen sollten, aber als seine Hände langsam über meine Schenkel strichen, konnte ich nur noch atmen. Es war mir unmöglich, länger so zu tun, als wollte ich ihn nicht. Mein Herz schlug so heftig, dass ich mich fragte, ob die anderen unten es hören könnten.

Er knöpfte meine Jeans auf und ging auf alle viere hinab. Ich fuhr mit den Fingern durch sein seidiges, blondes Haar. Es war jetzt etwas länger, weicher. Ich hatte sein Haar immer geliebt.

Ohne Umschweife streifte er mir meine Jeans und mein Höschen gleichzeitig ab. Seine Berührung war sanft und ich hob nacheinander meine Beine, um ihm dabei zu helfen, mich von der Taille abwärts zu entkleiden. Dann liebkoste er zärtlich meine Muschi und ich spürte, wie ich sofort feucht wurde. Seufzend lehnte ich mich gegen die Tür. Er ließ seinen langen Finger in meine Möse gleiten, um mich zu erregen. Sofort spreizte ich die Beine und gleich gesellte sich seine Zunge zu seinem Finger und er fing an, mich zu lecken. Ich hatte gar nicht die Chance, bis zum Bett zu kommen oder meine Umgebung wahrzunehmen, alle meine Sinne waren auf Hunter und seine Zunge und Finger konzentriert, die mit mir spielten, bis er meinen G-Punkt fand.

„Ah!", keuchte ich, als eine Welle der Erregung mich durchfuhr. Hunter streichelte mich langsam und gleichmäßig als alles in mir weich und flüssig wurde.

Ich hielt mich an seinem Kopf fest und dachte, dass er keine Ahnung hatte, wie wild er mich gerade machte.

„Dein Geschmack auf meiner Zunge ist perfekt."

„Warum fickst du mich nicht?"

„Soll ich wirklich?"

Er tauchte zwischen meinen Beinen auf und hinterließ dort eine kalte Leere, die nur er füllen konnte. Ich wollte nicht, dass er aufhörte, aber als er sich aufrichtete, erkannte ich, dass er es nur darauf anlegte, mich zum Betteln zu bringen.

Als er aufstand, legte er seinen Daumen auf meinen Kitzler und knurrte: „Magst du es so nicht?"

Ich wollte protestieren und ihm noch einmal sagen, dass er mich ficken sollte, aber dann machte er all diese wunderbaren Dinge mit seinen Händen. Es fühlte sich fantastisch an. Sein Gesicht war ganz dicht an meinem und so unglaublich es auch klingen mag, dass ich meinen intimen Duft auf seinem Gesicht riechen konnte, machte mir Lust, ihn zu küssen. Auf einmal konnte ich mich nicht mehr zurückhalten. Ich hielt mich an seinem Hals fest und mit meinem eigenen Geschmack auf der Zunge fing mein Körper an zu zucken und ich kam an seinen Fingern.

„Fuck!", schrie ich. Ich fühlte mich wie ein Blatt im Wind, das in unbekanntes Gebiet geweht wird. Hunter drückte seinen Körper dicht an meinen und küsste mich zärtlich auf die Schulter. Wieder trat er zurück, hob meine Arme an und begann mich auszuziehen. Er ließ meine Bluse auf den Boden fallen und warf den BH gleich hinterher. Seine Lippen streiften sanft eine Schulter und dann die andere. Dann verlangsamte er das Tempo und streichelte meine Hüften zart mit den Fingerspitzen.

Er trat einen Schritt zurück. „Ich will dich ansehen."

Dann legte er seine Hände auf meine Brüste, knetete sie sanft und rollte meine Brustwarzen zwischen den Fingern. Seine eine Hand liebkoste meine Brust, doch die andere wanderte langsam an meinem Bauch entlang nach unten, glitt zwischen meine Schenkel und spreizte meine Schamlippen.

„Wie ist es nur möglich, dass ich noch mehr will, obwohl ich gerade gekommen bin?", gab ich zu, da ich nicht länger verstecken wollte, was ich wirklich empfand.

„Hm, das hast du gestern aber nicht gesagt."

Er hielt einen Moment inne und ich nahm seine Hand.

„Ich will nur nicht wieder verletzt werden", gestand ich.

Er sah mich aufmerksam an, und als er mich küsste, fragte ich mich, ob er mich wieder verletzt zurücklassen würde. Oder war ich vielleicht diejenige, die das getan hatte?

Sein Kuss wurde heftiger. Er ergriff meine Schultern, als seine Zunge meinen Mund eroberte. Er drückte mich gegen die Tür. Mein Herz hämmerte, weil er anscheinend meine Aussage völlig ignorierte.

Ich wusste nicht, wo die Kinder waren und dachte, dass wir vielleicht zu laut waren. Er atmete schwer in meinen Mund, als er versuchte, mich an der Tür in die richtige Position zu bringen.

„Mina", stöhnte er und dieses Mal war ich diejenige, die ihn küsste und mich an ihn klammerte, als ob mein Leben davon abhinge. Er passte in mich hinein, als ob ich für ihn gemacht worden war; durch ihn fühlte ich mich komplett. Es gab niemals einen unbehaglichen Moment, wenn ich mit Hunter zusammen war, und jedes Gefühl der Unsicherheit gehörte dann der Vergangenheit an. Er stieß seine Hüften tief und hart, sodass ich gegen die Tür prallte wie ein Tennisball, als er mich fickte. Es war genau das, was mein Körper und meine Seele brauchten und ein starkes Gefühl der Wollust stieg in mir auf.

"Ist es das, was du wolltest?", keuchte er und drang tief in mich ein.

„Härter!"

Ich musste richtig durchgefickt werden, um die Schmerzen und traurigen Erinnerungen unserer Vergangenheit zu vergessen. Natürlich würden sie sofort zurückkommen, sobald wir fertig waren, aber jetzt wollte ich sie verdrängen. Ich wollte Hunter. Ich wollte ihn genießen. Ich wollte mich wieder fühlen, wie ich mich immer nur bei ihm fühlte.

„So?"

„Ja! Hör nicht auf!"

Ich wollte noch nicht kommen. Ich wollte endlos so weitermachen. In mir brannte ein loderndes Feuer, das nicht zu ignorieren war. Sein harter Schwanz gab mir den Rest, als er sich streckte und mich einnahm.

„Ja", stöhnte ich, als er zustieß und spürte, dass ich kurz davor stand zu explodieren. Ich rang nach Luft, als sein Mund sich über meinem bewegte, fast als wolle er mich mit seinem Kuss zum Schweigen bringen. Seine Finger bohrten sich tiefer in meinen Hintern, als er das Tempo steigerte.

„Fuck", stöhnte er zwischen zusammengebissenen Zähnen, als er sich dem Punkt näherte, von dem es kein Zurück mehr gab. Ich wusste, als ich anfing zu zittern, dass es nicht lange dauern würde, bis ich auch so weit war. Ich war bereits so heftig gekommen, dass es mich fast beängstigt hatte. Dann spürte ich, wie sein Samen in mich hineinspritzte, so heftig, dass ich hätte schwören können, dass es meine Wirbelsäule traf, und ich hieß ihn von ganzem Herzen willkommen.

Hunter lachte. „Ich frage mich, ob ich meine Hosen ausziehe, bevor wir richtig zur Sache gehen."

„Wenn du nicht so ungeduldig gewesen wärst, dann hätten wir es uns in deinem Bett bequem machen können."

Ich ließ meinen Blick durch den Raum wandern. Durch die Vorstellung, dass wir gerade an seiner Zimmertür gefickt hatten und nicht auf seinem Bett, hätte ich mich eigentlich billig fühlen sollen, aber es hatte etwas Aufregendes, so genommen zu werden, als ob er es nicht abwarten konnte, mich zu besitzen.

Aber nun wollte ich ihn ganz nackt sehen.

Er ließ mich vorsichtig los und zeigte auf sein riesiges Bett, in das meine ganze Familie problemlos hineingepasst hätte. Sein Schlafzimmer war sehr groß. Nein, es war verflucht riesig. Ich war völlig überwältigt und wanderte herum, wie Goldlöckchen im Haus der drei Bären. Nur dass ich nackt war und unsere Kinder unten spielten.

Das Bett nahm nur einen kleinen Teil des cremefarben eingerichteten Raumes ein, der ganz anders war als das dunkle Zimmer, das er damals zu Highschoolzeiten bewohnt hatte. Hier war alles hell und luftig. In einer Ecke waren ganz viele Fotos von Olivia, fast wie ein Schrein. In einer anderen Ecke standen ein Sofa und ein Regal mit Büchern.

„Das ist Olivias und meine Spielecke", sagte er stolz, als ich einige Sitzsäcke und einen Spieltisch entdeckte, der mit Spielgeschirr für eine Teeparty gedeckt war.

„Ihr spielt hier?"

Er lachte. „Manchmal, wenn sie keine Lust hat, in ihrem Zimmer zu bleiben, kommen wir hier hoch und chillen einfach in der Ecke.

Dort sind einige ihrer Bücher und Spielzeuge und alles, was sie braucht."

Ich drehte mich zu ihm um und sah, dass ich nicht mehr alleine nackt war.

„Möchtest du jetzt gern mein Bett ausprobieren?", fragte er und kam auf mich zu.

Lächelnd nahm ich seine Hand. „Ich dachte schon, du würdest nie fragen."

Als er meine Hand küsste, wusste ich sofort, dass wir es dieses Mal sanfter tun würden. Wir würden uns Zeit lassen, wie wir es von Anfang an hätten tun sollen. Es wäre ein neuer Anfang, ein besserer Anfang.

Ich lächelte, als er mich auf die weiche Decke legte, und dachte nicht mehr an die Vergangenheit oder die Tatsache, dass er mein Chef war. Ich war einfach nur überglücklich, dass er wieder mein Liebhaber war.

Kapitel Zehn

Hunter

Ich hielt sie die ganze Nacht in meinen Armen und wollte sie nie wieder loslassen. Madison musste bei mir bleiben und sie sollte langsam merken, dass ich es ernst meinte, dass wir zusammengehörten.

Andrea war die perfekte Nanny, die dafür sorgte, dass die Kinder Nahrung und Unterhaltung bekamen, während ich das gleiche für Madison tat.

„Guten Morgen, Schlafmütze", sagte ich und zog ihr die Decke vom Kopf.

„Oh, ich hätte schon längst arbeiten gehen müssen", stöhnte sie, als ihr Blick auf die antike Wanduhr fiel.

Ich war etwas enttäuscht, dass dies ihr erster Gedanke war, nach dieser magischen Nacht, die wir miteinander verbracht hatten. Wenigstens war sie für mich magisch gewesen.

Ich wollte gerade aus dem Bett steigen, da nahm sie meine Hand, um mich zu stoppen. „Das war ein Witz."

Verdammt, was war ich nur für ein Weichei, weil ich tatsächlich geglaubt hatte, dass unsere gemeinsame Nacht ihr nichts bedeutet hatte. Ich verdrängte meine Unsicherheit und scherzte: „Ich wusste doch, dass es dir gefallen hat, so wie du geschrien hast. Verdammt, ich dachte, die Fenster würden zerspringen!"

Sie drehte sich um und warf ein Kissen nach mir. Ich fing es lachend auf und warf es zu ihr zurück.

„Ich werde jetzt duschen gehen. Ich dachte, wir könnten heute etwas mit den Kindern unternehmen."

„Ich hätte wirklich arbeiten gehen sollen. Eigentlich dachte ich, dass du, mit deinem zweiten Unternehmen, am Wochenende und an den Abenden arbeiten würdest."

Ich schüttelte den Kopf. „Olivia hat absoluten Vorrang; ich versuche, so wenig wie möglich zu arbeiten, wenn sie zu Hause ist, besonders am Wochenende."

Sie nickte und saß in Gedanken versunken auf dem Bett. Ich wusste, was ihr durch den Kopf ging, nämlich dass sie sich einen solchen Luxus nicht leisten konnte. Es war nicht meine Absicht gewesen, dass sie sich schlecht fühlte, aber ich hatte das Gefühl, dass ich das, ohne es zu wollen, getan hatte.

„Mina, ich denke, wir sollten zusammen duschen", schlug ich vor, um sie von ihren Gedanken abzulenken.

Unsere Schlafzimmerzeit wurde von einem Raum in den anderen verlagert. Ich konnte einfach nicht genug von ihr bekommen. Immerhin hatten wir zwölf lange Jahre aufzuholen.

„Ach, wirklich?" Sie sah mich mit hochgezogener Augenbraue an. „Ich sollte erst einmal nach Alex sehen."

„Das hast du gestern Abend gemacht und es ging ihm gut."

Sie seufzte. „Er hat mich gefragt, ob wir wirklich gehen müssten."

Ich konnte an ihrem Gesicht sehen, dass sie sich schuldig fühlte, weil Alex nicht nach Hause wollte. Wenn sich die Dinge so weiter entwickelten, dann würde alles schneller gehen, als ich zu hoffen gewagt hatte. Es fühlte sich so selbstverständlich an, mit ihr zusammen zu sein und ich wollte nicht, dass es endete.

„Kommst du mit oder nicht?"

Sie stand verführerisch vom Bett auf und sofort wusste ich die Antwort auf meine Frage.

„Vielleicht hat Alex recht. Ihr müsst nicht gehen."

Sie küsste mich sanft auf den Mund. „Ein Schritt nach dem anderen. Du bist immer noch mein Chef und wir waren sehr, sehr lange getrennt. Außerdem sind jetzt Kinder im Spiel, also geht es nicht mehr nur um dich und mich."

Ich nickte. „Ich habe lange und gründlich darüber nachgedacht, bevor ich in die Stadt zurückgekommen bin."

Madison hatte recht ... wir hatten noch nicht einmal darüber gesprochen, wie es weitergehen sollte. Aber ich war mir ganz sicher, dass mein Traum, sie wieder in meinem Leben zu haben, mehr war als pure Fantasie. Ich wollte, dass sie bei mir blieb. Nicht nur für ein Wochenende, sondern für immer. Sie konnte mir, so lange sie wollte vorspielen, dass sie nicht das Gleiche empfand, aber tief in meinem Inneren wusste ich, dass sie es auch wollte.

Kapitel Elf
Hunter

Während der letzten Wochen im Büro hatten Madison und ich versucht, unsere Beziehung auf einer streng beruflichen Ebene zu halten ... aber manchmal war ich schwach und sie auch. Wir wussten, dass wahrscheinlich ein Gerücht über uns ins Rollen kam, aber das war uns eigentlich egal.

Ich fuhr sogar zu Alex Schule, um Carol mit den Schulfahrten zu helfen, wie ein liebeskranker Teenager. Zu sagen, dass es zwischen Madison und mir ausgesprochen gut lief, war die Untertreibung des Jahres. Wir begegneten uns jetzt auf einer ganz anderen Ebene, als damals in der Highschool; wir waren keine Kinder mehr.

„Hey, was machst du denn hier?", fragte Madison, als ich sie am Sonntagmorgen von der Arbeit abholte. Eigentlich hätte sie sich ausruhen sollen, wie jeder andere nach einer langen Arbeitswoche im Büro. Ich hatte die Kinder gerade bei meiner Mutter abgesetzt und Madisons müde Augen verrieten mir, dass sie keine gute Nacht gehabt hatte.

Ich zog die Rose hervor, die ich hinter dem Rücken versteckt hatte. „Mina, die ist für dich."

„Wie schön", schnurrte sie und reckte sich, um mir einen Kuss zu geben, dabei zerdrückte sie die Rose, die ich gekauft hatte, um ihr ein Lächeln aufs Gesicht zu zaubern.

„Ich weiß ja, wie hart du arbeitest, und dachte, du würdest dich über eine kleine Aufmerksamkeit freuen, besonders da du anscheinend eine harte Nacht hinter dir hast."

„Hunter, wir haben doch darüber gesprochen. Ich kann meinen zweiten Job nicht aufgeben. Ich will mit dir zusammen sein, aber wir müssen es langsam angehen lassen."

Ich nickte. „Verdammt, ich wollte dich doch nur vor deiner Schicht zum Frühstück einladen. Du musst etwas essen, denn ich habe gehört, dass du gerade am Wochenende nicht genug isst."

Sie zuckte die Achseln. „Okay. Entschuldige, ich dachte, wir würden jetzt wieder die Diskussion ‚Gib deinen zweiten Job auf, ich kann dir helfen, deine Rechnungen zu bezahlen' führen. Oder besser noch, ‚Zieh bei mir ein'."

Alex hatte mehr als einmal angedeutet, dass er es liebte, das Wochenende bei uns zu verbringen. So sehr er auch seine Mutter liebte, bei uns zu übernachten und sein eigenes Bett zu haben, war etwas ganz Besonderes für ihn.

Sie ließ ihr Auto auf dem Parkplatz, da ich versprochen hatte, sie später zur Arbeit zu bringen. Ich hatte ihr noch nicht verraten, dass ich zu Hause eine kleine Überraschung für sie hatte. Ich hoffte, sie würde sich darüber freuen.

„Gestern Nacht habe ich kaum etwas geschafft im Callcenter. Sie haben angefangen zu überwachen, wie viele Anrufe wir jede Nacht verarbeiten, aber ich habe wahnsinnig viel Zeit damit verbraucht, die Forderung einer Kundin zu finden, nur um dann zu entdecken, dass ihr Ehemann vor drei Monaten aufgehört hatte, den Zusatz zur Police zu bezahlen. Wahrscheinlich bekomme ich jetzt eine Abmahnung, weil ich nicht ‚produktiv genug' bin."

„Das ist echt beschissen", stimmte ich zu, als ich den traurigen Blick in ihren Augen sah.

„Ich weiß. Das Krankenkassensystem in diesem Land ist so beschissen."

Ich stimmte ihr zu, wollte aber nicht so negativ rüberkommen, also sagte ich: „Aber es funktioniert doch."

„Für Leute wie dich, ja. Aber sag mal jemandem, dass das Krankenhaus das Recht hat, die Behandlung abzulehnen, weil die Versicherung sie nicht abdeckt? Das macht mich echt wütend."

„Was meinst du, könnte man dagegen tun?"

Sie lächelte mich an. „Du kannst nicht die Welt retten."

„Aber ich könnte einen kleinen Unterschied machen, wenn ich jemanden hätte, der mir den Weg zeigt."

Ich küsste ihre Hand. Sie sah mich aufmerksam an, als versuchte sie herauszufinden, ob ich es ernst meinte oder nicht.

„Ich meine es ernst", sagte ich. „Wenn jeder seinen Teil dazu beitragen würde, könnte man Dinge verbessern. Es ist nicht immer nur die Regierung, die beschissen ist und Dinge ändern sollte. Es gibt genug reiche Leute in diesem Land, die eine helfende Hand reichen könnten, um einen Unterschied zu machen. Ich bin nicht so reich wie einige meiner Teamkollegen, aber ich bin mir ganz sicher, wenn ich sie um Unterstützung bäte, würden sie nicht ablehnen."

Ich öffnete die Autotür für sie und war ziemlich aufgeregt über die Überraschung, die ich zu Hause für sie hatte. Jedes Mal, wenn sie bei mir geblieben war, fühlte ich mich schrecklich, wenn sie wieder nach Hause musste. Ihre Wohnung war nicht gerade im besten Teil der Stadt und ich wusste, wie gern Alex mit Olivia zusammen war. Sie waren sofort dicke Freunde geworden.

„Alex und Olivia sind wirklich lustig", sagte ich, um das Thema zu wechseln, als ich ins Auto stieg. „Sie wollen jetzt sogar in die gleiche Schule gehen."

Sie legte den Kopf zurück, als ich losfuhr. „Es ist schon verrückt, dass wir Kinder im fast gleichen Alter von anderen Partnern bekommen haben."

„Das stimmt."

Ich wusste, was sie eigentlich wissen wollte, also erzählte ich es ihr, bevor sie fragen konnte.

„Ich kenne Olivias Mutter eigentlich gar nicht." Ich warf ihr einen Blick zu. Sie betrachtete mich abwartend, dass ich ihr die ganze Geschichte erzählte. „Ich hatte eine ziemlich schlechte Phase. Nach einem Spiel wollte ich nur bis zur Bewusstlosigkeit feiern. Ich sollte dankbar sein, dass dabei nur ein Baby herausgekommen ist und nicht eine ganze Serie. Ich kann auch nichts und niemanden dafür verantwortlich machen ... vielleicht war es einfach Einsamkeit. Auch mit all dem Geld, das ich hatte, fühlte ich mich oft einsam. Du findest das wahrscheinlich total verrückt?"

Madison seufzte. „Nein, eigentlich nicht. Manchmal denke ich, dass Geld alle meine Probleme lösen würde, aber ich weiß, dass es dann andere Probleme gäbe. Du musst doch genügend Angebote gehabt haben ... die Frauen haben dir doch sicher zu Füßen gelegen."

„Wenn ich mich einsam fühlte, hatte ich den einen oder anderen One-Night-Stand. Ich hatte auch gelegentlich Verabredungen, aber es fehlte immer etwas. Manche wollten sich nur mit einem Footballstar an ihrer Seite und der Berühmtheit, die damit einherging, brüsten. Andere hatten ein Gerücht gehört, dass ich toll im Bett wäre, und wollten nur Sex, und dann waren natürlich die, die es nur auf mein Geld abgesehen hatten. Ich fühlte mich, als ob ich immer an den falschen Orten nach Liebe suchte."

„Jetzt hörst du dich an wie ein Lied."

Es hörte sich zwar etwas kitschig an, aber ich war ehrlich.

„Nachdem wir uns getrennt hatten, habe ich mich voll und ganz auf meinen Sport konzentriert und als ich herausfand, dass du geheiratet hattest, beschloss ich, dass es Zeitverschwendung war, immer an dich zu denken."

„Ich habe sehr schnell nach unserer Trennung geheiratet, weil ich mir einredete ... und meine Mutter hat viel dazu beigetragen ... dass ich mit jemandem aus meiner sozialen Schicht zusammen sein müsste. Mit jemandem, der nicht reich oder gebildet war."

Sie warf mir einen schnellen Blick zu und wartete darauf, dass ich etwas sagte. Doch ich schwieg, drehte die Musik leiser und konzentrierte mich auf die Straße. Sie sah aus dem Fenster.

„Lucas war einfach zur rechten Zeit am rechten Ort. Jedenfalls dachte ich das."

Es gefiel mir gar nicht, dass wir dieses Gespräch ausgerechnet im Auto führten. Ich konnte sie beim Fahren nicht ansehen, um herauszufinden, was sie dachte, während sie sprach.

„Wir haben beide im Callcenter gearbeitet. Dann fingen wir an, miteinander auszugehen und er sagte und tat immer das Richtige, aber sobald wir verheiratet waren, fing er an, mich zu betrügen. Er redete sich ständig mit irgendwelchen dummen Entschuldigungen raus, warum er es tat ... ich hätte mich gehen lassen, ich war nicht abwechslungsreich genug im Bett ... und ich fiel darauf herein. Als ich ihm sagte, dass ich schwanger war, haute er ab. Er meinte, das wäre ihm zu viel Verantwortung und verschwand wie der Wind."

Ich konnte nicht verstehen, wie jemand so denken konnte. Es war total verrückt und ich fühlte mich schuldig, dass ich nicht für sie da gewesen war, als sie mich brauchte.

„Du glaubtest also, weil ihr unter gleichen Umständen aufgewachsen wart, würdet ihr besser zusammenpassen?", hakte ich nach, als ich den Wagen in meiner Einfahrt parkte.

Sie zuckte die Schultern und runzelte die Stirn.

„Nicht unbedingt, aber man fühlt sich nicht als minderwertigste Person im Raum, wenn man zu Familienfesten oder Grillpartys geht. Es ist dann einfach leichter."

„Für wen?"

„Für mich. Ich fühlte mich immer so verdammt unbehaglich bei dir zu Hause. Es war unwirklich."

„Aber wir haben dir nie das Gefühl gegeben, dass du nicht gut genug bist."

Sie schüttelte den Kopf. „Das war auch gar nicht nötig. Wenn wir auf Hochzeiten und Feste eingeladen wurden, dann war meine einzige Sorge, wie ich mir ein Kleid leisten kann, um dahin zu gehen."

„Das wusste ich und deshalb habe ich dir immer Kleider gekauft, damit du dir keine Gedanken machen musstest."

„Aber es war die Art, wie ich mich fühlte."

Sie war verstimmt und dieses Gespräch brachte uns nichts, außer unbehagliche Erinnerungen zurückzubringen.

„Und es hat sich nichts verändert?"

Sie zögerte, also versuchte ich weiterhin, einen Weg zu finden, es ihr zu erklären.

„Ich kann mich nicht dafür entschuldigen oder so tun als würde es mich ärgern, Geld zu haben. Klar, ich kann mir teure Urlaube und Kleidung leisten, aber ich wollte niemals, absichtlich oder unabsichtlich, dass du denkst, du passt nicht zu mir. Denn ich bin überzeugt, dass nur das hier zählt", sagte ich und legte die Hand auf mein Herz.

„Das weiß ich jetzt auch. Aber damals waren wir noch so jung und ich war so unsicher."

Madison hatte mich damals angelogen und ich wusste, dass sie jetzt auch log. Sie tat so, als wäre das alles kein Thema mehr.

Ich stieg aus und lief um den Wagen herum, um die Tür für sie zu öffnen. Dann nahm ich ihre Hand und führte sie in den hinteren Teil des Hauses. Dort hatte ich ein romantisches Frühstück bei Kerzenlicht für uns beide organisiert.

„Ist das für mich?"

Ich zwinkerte ihr zu. „Ich dachte, ich würde einmal in meinem Leben etwas Romantisches machen. Ich habe das Frühstück zwar nicht gemacht, aber ich bin vorher zur Bäckerei gegangen."

Sie lachte. „Das ist wirklich süß, Hunter. Du holst mich mit einer roten Rose von der Arbeit ab, bereitest ein romantisches Frühstück ... daran kann ein Mädchen sich gewöhnen", sagte sie und küsste mich sanft auf die Lippen.

Genau das erhoffte ich mir, denn das war Teil des Plans. Ich hatte keinerlei Geheimkonzept, außer mehr Zeit mit ihr zu verbringen. Je mehr ich mit ihr zusammen war, desto mehr wollte ich sie in meinem Leben haben. Und zwar für immer.

Kapitel Zwölf

Madison

Ich war erschöpft. Es war Freitag, also holte Hunter die Kinder ab und ich beschloss, zurück in meine Wohnung zu gehen. Dort war mein Zuhause und so gern ich auch bei ihm war, so sollten wir doch alles etwas langsamer angehen lassen. Besonders, weil Olivia und Alex sich so gut verstanden.

Es gab einmal eine Zeit, als ich dachte, dass ich alles über Hunter wüsste, aber er überraschte mich immer wieder aufs Neue. Erst die Rose, die er mir mitgebracht hatte, als er mich von der Arbeit abholte, dann das schöne Frühstück im Garten. Er hatte sein Wort gehalten, dass er gut für mich sorgen würde.

Am Sonntag holte er mich vom Callcenter ab und sagte mir, dass ich in sein Schlafzimmer gehen könnte. Ich legte mich in sein Bett und sein angenehmer, leicht holziger Duft in den Laken schickte mich sofort ins Land der Träume. Alex hatte die ganze Woche mit Olivia und Andrea verbracht und zögerte nicht, mir zu erzählen, wie viel Spaß er gehabt hatte, während ich schlief.

Verdammt, dieser Mann war ein Traum, der Wirklichkeit geworden war!

Eigentlich hatte ich zuerst gedacht, dass er ein Albtraum sei, aber die Wirklichkeit war weit davon entfernt. Ich konnte nicht fassen, dass ich gedacht hatte, ich könnte ohne ihn leben.

Heute, so beschloss ich, musste ich mal wieder nach Hause gehen. Ich war die ganze Woche nicht dort gewesen. Als ich aus dem Büro nach Hause kam, fand ich eine Nachricht auf der Küchentheke, an der Stelle, wo wir uns immer Nachrichten hinterließen:

Madison,

Dom und ich sind für eine Woche nach Vegas gefahren. Wir sind nächste Woche wieder zurück. Ich hoffe, dir und Alex geht es gut. Ihr braucht mich nicht mehr. Du hast jetzt Hunter. Aber denk daran, sei vorsichtig.

Carol

Na toll, sie war abgehauen. Das sollte mich eigentlich nicht überraschen. Das war einer der Gründe, warum ich die Gruppe alleinerziehender Mütter gegründet hatte, damit ich in solchen Situationen eine Schulter zum Anlehnen hatte. Sie hatte nicht einmal mit *Mom* unterschrieben, sondern mit *Carol*.

Allerdings wusste ich im Moment auch nicht, was mit der Gruppe los war. Vielleicht sollte ich sie einfach vergessen. Letzte Woche war niemand zum Treffen aufgetaucht und in der WhatsApp-Gruppe war auch nichts los gewesen. Niemand hatte sich gemeldet, außer Tiana, die einen Babysitter aus der Gruppe brauchte. Niemand hatte geantwortet, auch ich nicht, da ich zum ersten Mal seit sehr langer Zeit auf Wolke Sieben schwebte und keine Lust hatte, mich mit ihr auseinanderzusetzen.

Ich stand noch in der Küche und versuchte, den Schock zu verarbeiten, dass meine Mutter einfach so abgehauen war, als mein schlimmster Albtraum geschah. Die Tür zu meinem Schlafzimmer öffnete sich. Mom war nicht da und Alex war bei Hunter. Wer zur Hölle war in meiner Wohnung?

„Ich habe eine Pistole in der Hand!", rief ich, was ziemlich dämlich war, da ich noch immer den Zettel mit Moms Nachricht in der Hand hielt. Wer immer in der Wohnung war, würde bei Licht sofort merken, dass meine „Waffe" nur ein Stück Papier war.

„Madison, Schatz, ich bin es nur", sagte Lucas, der näher gekommen war und versuchte, mich in den Arm zu nehmen.

Ich blinzelte einige Male verwirrt, denn der Mann, der vor mir stand, war eine ältere Ausgabe dessen, der mich verlassen hatte, als ich ihm sagte, dass ich schwanger war. Ich fühlte mich, als ob ein Sturm durch die Wohnung tobte.

„Wie in aller Welt bist du reingekommen?"

„Deine Mutter ist gegangen und lässt dir ausrichten ...", versuchte Lucas zu erklären, aber ich hob die Hand, um ihn zum Schweigen zu bringen. Ich wollte es gar nicht hören. Ich wollte nur, dass er sofort wieder verschwand.

„Was machst du hier?"

Ich hatte ihn einmal attraktiv gefunden. Damals hätte ich ihn mit offenen Armen wieder aufgenommen und mich gefreut, dass er wieder zur Vernunft gekommen war und wir unser Kind gemeinsam aufziehen würden. Aber dieser Wunsch war schon lange gestorben, nachdem ich Abend für Abend in eine leere Wohnung gekommen war.

„Wir haben doch ein Kind zusammen", wandte Lucas ein.

Verfickt? War er auf Drogen? Alex war fünf Jahre alt, fast sechs, und jetzt tauchte er auf einmal auf und fragte nach ihm?

„Wir sind geschieden und Alex ist fast sechs Jahre alt. Anscheinend hat es dich all diese Jahre nicht gekümmert, dass wir ein gemeinsames Kind haben. Du hast dich sogar um die Alimente gedrückt, indem du behauptet hast, du wärst arbeitslos", erinnerte ich ihn.

Seine einst so blauen Augen waren trübe und sein Haar wurde schütter. Er war erst dreißig Jahre alt, wirkte jedoch viel älter. Ich hatte das dunkle Gefühl, dass ihm etwas Schlechtes zugestoßen war. Er musste einen Grund haben, dass er zurückgekommen war, und dieser Grund war weder ich noch Alex, der Sohn, den er niemals gewollt hatte.

„Es waren schwere Zeiten. Du kennst mich doch. Ich habe immer Pech bei der Arbeit gehabt."

Klar. Das nannte sich *ständig zu spät kommen und der Meinung sein, dass man etwas verdient ohne wirklich etwas dafür zu tun.* Er hatte es immer so hinbekommen, dass ich doppelte Schichten arbeitete, um für ihn einzuspringen. Scheiße, wie schwach und verzweifelt ich damals gewesen war. Ich hatte immer beide Augen zugedrückt, aber diese Zeiten waren endgültig vorbei.

Ich drehte mich um und öffnete die Vorhänge. Die Wohnung war völlig zugemüllt. Das hatte ich gar nicht bemerkt, als ich hereinkam, denn ich hatte mich sofort auf die Nachricht konzentriert.

„Was zum Teufel ist das alles?", fragte ich ihn. Meine Mutter war zwar keine Ordnungsfanatikerin, aber sie war auch keine Schlampe.

Eine andere schlechte Eigenschaft von Lucas damals ... er behandelte mich wie sein persönliches Dienstmädchen.

„Du hast doch früher nicht so viel geflucht."

Das stimmte, ich fluchte nur sehr selten, aber Lucas brachte mich zum Ausrasten.

„Damit habe ich angefangen, als du mich verlassen hast."

Plötzlich klopfte jemand an die Tür. Ich wartete nicht ab, dass er reagieren konnte, sondern drehte mich um und öffnete die Tür einen Spaltbreit und streckte den Kopf heraus.

„Marta, was machst du denn hier?"

Sie blickte auf ihre Uhr. „Gruppentreffen. Hast du es etwa vergessen?"

Ich schüttelte den Kopf und öffnete die Tür weit.

„Da heute ein Feiertag ist, habe ich gestern Abend noch eine weitere Schicht im Callcenter übernommen. Außerdem ist keine von euch letzte Woche aufgetaucht, also nahm ich an, ihr habt keine Lust mehr."

Sie lachte. „Wir waren aber da. Du kennst uns doch. Wir kommen immer zu spät. Anscheinend bist du gekommen, hast niemanden gesehen und bist sofort wieder gegangen."

Sie hatte recht ... seit Lucas mich verlassen hatte, war ich nicht mehr die Geduldigste. Ich deutete an, dass er da war, indem ich mit meinem Kopf zur Seite deutete, sodass sie ihn sehen konnte.

„Oh, du hast Besuch."

Lucas wischte sich die Hände an seinen verblichenen Jeans ab und sagte: „Hi, ich bin Lucas. Madisons Mann."

„Nicht doch, du meinst Ex-Mann", widersprach Marta.

Er ignorierte ihren Einwand und blieb stur in der Mitte des Wohnzimmers stehen. Ich wusste nicht, was ich tun sollte. Der Mann war mit seinen ganzen Klamotten gekommen und es war offensichtlich, dass er nicht vorhatte, bald wieder zu verschwinden.

Marta drängte sich in meine Wohnung und schloss die Tür hinter uns.

„Ich kann nicht mitgehen. Du siehst doch, dass ich hier etwas zu erledigen habe", sagte ich, schloss die Augen und atmete tief durch, während ich hilflos auf meinen nutzlosen Ex-Mann zeigte, der Platz in meinem Zuhause verschwendete.

Es gab ein unbehagliches Schweigen, dann klopfte es wieder an die Tür.

„Tiana und Lena, was wollt ihr hier?"

„Wir sind hier, um dich zu unserem Treffen abzuholen, Freundin. Du bist letzte Woche nicht gekommen und du antwortest nicht auf unsere Anrufe. Es fängt in zwanzig Minuten an und du musst dabei sein."

Ich schüttelte den Kopf. Ich wünschte mir zwar sehnlichst, mit ihnen gehen zu können, aber das ging leider nicht.

„Sie hat Besuch!", platzte Marta heraus.

Sie zeigte auf Lucas, der es sich inzwischen auf meiner Couch bequem gemacht hatte und eine Zigarette rauchte, eine schlechte Angewohnheit, die ich früher toleriert hatte, weil ich dachte, dass er das zum Stressabbau brauchte. Mein Stressabbau war das Wissen gewesen, dass ich in einer festen Beziehung war, mit einem Mann, der mich nicht verlassen würde. Da hatte ich mich gründlich geirrt.

„Wir müssen jetzt zu dem Treffen gehen!", sagte Tiana zu Lucas und stemmte die Hände in die Hüften.

Ich konnte kaum glauben, dass sie hier war, und dann noch zusammen mit den anderen Mädels. Meine Neugier gewann die Oberhand und ich fragte mich, wie sie wohl ihre Differenzen beigelegt hatten, nachdem sie sich wochenlang angezickt hatten.

„Ja, aber ich wohne hier, mit meiner Frau und meinem Sohn."

Marta nahm ihm die brennende Zigarette aus der Hand und Tiana eilte an seine Seite und half ihm beim Aufstehen.

„Du bist ihr Ex-Mann. Du kannst nicht einfach ohne Erlaubnis wieder hier einziehen. Madison ist eine Lady und muss mit Respekt behandelt werden."

Lena war bereits dabei, seine Sachen vom Balkon hinunter zu werfen und Marta ging zu ihr, um ihr zu helfen.

„Das dürft ihr nicht!", protestierte Lucas. „Wir sind offiziell gar nicht geschieden."

„Wie bitte?!"

Er lachte. „Ich habe die Scheidungspapiere nie unterschrieben. Ich habe sie dir geschickt, aber meine hatten nicht die Zeugenunterschrift. Du kannst mich also nicht rausschmeißen, weil wir immer noch verheiratet sind."

Ich hatte mir niemals Gedanken darüber gemacht, ob wir offiziell geschieden waren. Damals war es mir nicht wichtig genug und jetzt schien es mir genauso irrelevant. Ich hatte den Mann seit sechs Jahren nicht mehr gesehen und war stinksauer auf meine Mutter, weil sie ihn in die Wohnung gelassen hatte. Wahrscheinlich dachte sie, dass Hunter mich inzwischen sitzen gelassen hatte und ich eine Schulter zum Ausweinen brauchte. Warum aber sollte diese Schulter ausgerechnet Lucas sein?

Marta kam zu meiner Rettung, während ich wie verdutzt da stand und die Situation zu verstehen versuchte.

„Nun, ich kenne sie schon seit Jahren und bin dir nie begegnet. Also, bis ihr Anwalt ihr etwas anderes sagt, seid ihr geschieden. Jetzt hau ab, bevor ich deinen mageren Arsch rausschmeiße!"

„An deiner Stelle würde ich mich beeilen. Da haben sich schon ein paar Leute um deine Sachen versammelt", verkündete Lena, die aus dem Fenster sah.

„Scheiße! Mein Fernseher ist in einer der Taschen! Und mein iPad", ärgerte sich Lucas, als er sah, wie einer meiner Nachbarn aus seiner Wohnung kam und sich etwas wegnahm, da er vermutete, dass es Sperrmüll war.

„Wenn er sich solche Sachen leisten kann, dann hat er auch genug Geld, um irgendwo eine Unterkunft zu finden", bemerkte Tiana, als Lucas hinausrannte und die Tür hinter sich zuknallte.

Es ging mir sehr nahe zu sehen, wie meine Freundinnen für mich einstanden.

„Alles okay, Freundin?", fragte Tiana und kam auf mich zu.

„Hat er dir wehgetan?", fragte Marta besorgt.

Ich schüttelte den Kopf. „Leute, ich wusste ja gar nicht, dass ich euch etwas bedeute."

Sie umarmten mich alle, dann sagte Tiana: „Du musst dich jetzt zusammenreißen, Mädchen. Alle erwarten dich beim Treffen. Du darfst es nicht zweimal hintereinander verpassen."

Sie benutzte genau dieselben Worte, die ich früher immer zu ihr gesagt hatte und zwinkerte mir zu.

„Wie ist es möglich, dass ihr alle jetzt beste Freundinnen mit Tiana seid?"

Ich hatte meine Frage an Marta und Lena gerichtet, aber Tiana antwortete. „Ich habe mich entschuldigt und dann sagte Marta, wenn ich mich nicht bessere, würde sie mir ordentlich den Arsch versohlen."

Ich musste lachen, denn Marta war sehr viel kleiner als sie und obwohl sie zweifellos ziemlich hart im Nehmen war, fand ich die Vorstellung, dass sie auch nur versuchen würde, Tiana den Arsch zu versohlen, ziemlich amüsant.

Lächelnd umarmte ich sie alle noch einmal. Sie hatten mir mehr geholfen, als meine Familie es jemals getan hatte. Ich ging in mein Zimmer und wollte gerade den gleichen Rock und die gleiche Bluse wieder anziehen, die ich zu jedem Treffen trug, aber plötzlich stimmte mich das traurig. Also beschloss ich, dass ich dieses Mal als ich selbst gehen würde.

Schließlich war ich keine Anwältin oder irgendetwas Besonderes und ich hatte die Nase voll davon, mich anzuziehen und zu verhalten wie jemand, der ich gar nicht war. Ich war nun mal so, wie ich war, und zum ersten Mal in meinem Leben fühlte ich mich okay damit, so zu einem Treffen zu gehen. Nicht verkleidet als jemand anderes.

„Fertig!", rief ich, als ich über den Flur zu ihnen zurückging.

„Habe ich dir jemals gesagt, wie schön du bist?", sagte Lena und legte ihren Arm um mich.

„Höchste Zeit, dass du aufhörst diesen langweiligen Rock und die öde Bluse zu tragen. Sei doch mal locker."

„Tiana, mir ist aufgefallen, dass du gar nicht geschminkt bist. Du bist viel hübscher so."

Sie schüttelte den Kopf. „Nein, das stimmt nicht, aber danke, dass du es sagst."

„Sie hat ihre Schminke in meinem Auto gelassen und wird sich zukleistern, sobald wir unterwegs sind", sagte Marta und Tiana gab ihr einen freundlichen Klaps.

Als ich einen Blick über den Balkon warf, sah ich Lucas, der versuchte, den Rest seiner Sachen in sein Auto zu laden. Wenn ich tatsächlich noch nicht von ihm geschieden war, dann würde ich ab jetzt drei Schichten arbeiten, um sicherzugehen, dass die Scheidung so schnell wie möglich durchkäme.

Ein schönes Gefühl der Befriedigung, dass nicht nur ich, sondern auch meine Freundinnen, sich ihm entgegengestellt hatten, durchströmte mich.

So langsam fügte sich mein Leben zusammen.

Kapitel Dreizehn

Hunter

Ich saß ungeduldig im Saal und wartete darauf, dass Madison beim Gruppentreffen auftauchte.

Während des Wartens ließ ich meine Gedanken schweifen und betrachtete die vielen Leute, die heute gekommen waren. Anscheinend hatten einige der Männer bei den Mädels Erfolg gehabt, aber die meisten schienen sich einfach zu freuen, zu der Gruppe zu gehören. Um mich zu beschäftigen, wollte ich den Vater und den Sohn, die nebeneinandersaßen, fragen, ob sie diejenigen waren, die die alte Dame im Kindergarten angekündigt hatte, aber da kam Madison herein.

„Sie ist da!"

„Oh-ho!"

Alle standen auf und fingen an zu klatschen, riefen ihr zu und ermutigten sie, als sie den Raum durchquerte. Sie zeigte auf mich, weil sie wahrscheinlich dachte, dass ich das organisiert hatte, aber ich zuckte nur die Achseln und schüttelte den Kopf. Ich hatte auch nur einen Anruf erhalten.

„Leute, beruhigt euch." Tiana trat auf die Bühne und nahm sich das Mikro. "Madison, ich weiß, du denkst, dass wir nicht zu schätzen wissen, was du geleistet hast, aber das ist absolut nicht der Fall."

Ich sah, dass Tränen in Madisons Augen aufstiegen, also ging ich zu ihr und nahm sie in die Arme.

„Wir Alleinstehenden müssen zusammenhalten!", erklärte Tiana von ihrem Platz aus der Menge.

„Sprich für dich selbst!", rief Marta und ergriff die Hände der zwei Männer, die neben ihr standen. Die zwei Männer, mit denen sie vor einigen Wochen das Treffen verlassen hatte.

„Nun ja, ich weiß, dass wir uns nicht immer so gut verstanden haben, aber wenn ihr Mädels nicht gewesen wärt, dann wäre ich heute nicht die Frau, die ich bin", fuhr Tiana fort und fing an zu weinen. „Meine Familie spricht nicht mehr mit mir. Ich kam hierher und tat so, als wäre ich die starke, mutige Schlampe. Aber verdammt, wenn dein eigenes Fleisch und Blut nicht zu dir hält ... nun, dann baut man eine Mauer um sich auf."

„Das stimmt", murmelte Madison, ließ meine Hand los und ging auf die Bühne.

„Diese Gruppe ist nicht nur dafür da, wenn man einen Babysitter oder Hilfe braucht. Nein, der Zweck ist, dass wir füreinander da sind, denn es ist sehr schwer, eine alleinerziehende Mutter zu sein."

„Nein, es ist *verdammt* schwer!", rief Lena.

Einige Leute fingen an zu klatschen. Tiana atmete tief durch und sprach weiter. „Aber Madison hat diese Gruppe ins Leben gerufen und ich dachte bei mir, *verdammt, ein paar Schlampen, die rummaulen, weil sie allein sind.* Aber wir waren viel mehr als das. Ich erinnere mich, als ich Dean und Ethan nicht von der Schule abholen konnte, da habe ich Madison angerufen. Sie hatte gerade ihre Schicht beendet und ich wusste, dass sie sehr müde sein musste, aber sie hat trotzdem meine Jungs abgeholt und sie einige Stunden behalten, bis ich sie holen konnte."

„Es war eher ein ganzer Tag", schrie Madison, um die Situation klarzustellen.

„Aber sie hat sich nicht beschwert. Wisst ihr, was sie getan hat? Sie fragte, ob es mir gut ginge und ob ich etwas essen wollte, und dann sagte sie, dass ich mich ruhig eine Weile in ihrem Bett hinlegen könnte. Als ich wach wurde, wollte sie wissen, ob es mir besser ginge.

„Ich verließ ihr Haus mit Essen in einer Tupperdose. Meine Kinder waren superglücklich in ihrer schäbigen, kleinen Wohnung. Die ist so winzig, dass ich mich fragte, wie sie alle da hineinpassten. Aber sie hat meine Kinder und mich mit offenen Armen aufgenommen."

Ich wusste nicht, ob ich lachen oder weinen sollte, als ich zusah wie Tiana sich bemühte, nett zu sein. Vielleicht glaubte sie, dass sie mir ein Kompliment machte, aber ich sah in den Gesichtern der anderen, dass sie etwas entsetzt waren, als sie Madisons Wohnung beschrieb.

„Aber mein Problem ist Stolz. Ich täusche immer vor, als wüsste ich, was ich tue, aber das stimmt gar nicht."

„Endlich ist mal jemand ehrlich!", rief eine der Damen dazwischen und Tiana lächelte unter Tränen.

„Ich versuche eigentlich zu sagen: Danke Madison. Das hätte ich schon längst sagen sollen.

„Also, meine Damen und Herren, neue Mitglieder des Klubs ... diese Gruppe ist die Beste. Brauchst du eine Schulter, an der du dich ausweinen kannst? Du hast die Nase voll und denkst, du machst alles falsch? Irgendjemand in der Gruppe macht es noch falscher. Du willst wissen, was du besser machen kannst? Jemand in der Gruppe kann dir zeigen wie. Wir Alleinstehenden müssen zusammenhalten."

Sie legte ihre Hand auf Madisons Schulter. „Wenn diese Frau hier nicht gewesen wäre, dann wären wir alle nicht hier."

Einige Leute brüllten zustimmend und andere klatschten. Ich konnte sehen, dass Madison total gerührt war. Sie war in diesem Raum in Liebe gehüllt und ich wusste, dass sie wenigstens dieses eine Mal sehen konnte, was sie Gutes gemacht hatte, statt immer nur das Schlechte zu sehen.

Kapitel Vierzehn
Madison

„Das war so verdammt cool!", rief Hunter, als alle gegangen waren.

„Ich kann es nicht fassen, dass sie das für mich getan haben."

„Anscheinend hast du einige von ihnen wirklich tief berührt."

Ich lachte. „Ja, sogar mit meiner schäbigen, winzigen Wohnung."

„Tiana ist schon ein ganz besonderer Fall."

„Das", sagte ich und tippte ihm mit dem Finger auf die Brust, „ist eine echte Untertreibung."

Er kam näher, und wieder waren wir allein in diesem Saal. Die Erregung stand ihm ins Gesicht geschrieben und er ließ seinen hungrigen Blick über meinen Körper wandern, als er auf mich zukam.

„Wo sind die Kinder?", fragte ich.

„Bei Andrea, wie immer."

„Lucas ist zurückgekommen", sagte ich, obwohl ich wusste, dass ich damit wahrscheinlich die Stimmung verderben würde, aber ich wollte keine Geheimnisse vor ihm haben.

Er nickte. „Das habe ich gehört."

„Wer hat es dir erzählt?"

„Tiana, als du dich mit den anderen unterhalten hast. Sie sagte, dass du mich jetzt mehr denn je brauchst, weil du einen harten Tag hattest."

„Wirklich?"

Ich schwieg und mein Herz fing an zu rasen. Ich wollte, dass wir uns hinsetzten und darüber sprachen, obwohl es eigentlich gar nicht viel zu sagen gab. Lucas war zurückgekommen und vielleicht war ich noch mit ihm verheiratet ... darum musste ich mich kümmern ... aber ich wollte Hunter.

„Ich will dich ganz und gar sehen", sagte er und seine Stimme wurde tiefer, als er meine Arme hob.

Er fragte nicht um Erlaubnis; er sagte mir einfach, was er mit mir anstellen wollte, als er mein Shirt und meinen BH auszog.

„Ich liebe deine Brüste."

„Nur meine Brüste?"

Er hob mich in seine Arme und blickte sich suchend im Saal um, wo er mich hinlegen konnte.

„Ich dachte, du willst es vielleicht auf dem Tisch tun."

Er zuckte die Achseln. „Nein, das haben wir schon gemacht."

Ich zeigte auf die Tür. „Tür?"

„Nee, das haben wir in meinem Schlafzimmer schon gemacht."

„Wieso haben wir eigentlich immer Sex an öffentlichen Orten?"

„Ich weiß." Er lachte. „Ich dachte, dass wir nur in der Highschool Spaß daran hatten, aber anscheinend ist das so geblieben, denn wir scheinen immer noch Spaß daran zu haben. Bingo!"

Er hob mich auf die Bühne und zog mit einer schnellen Bewegung sein Hemd aus und legte es auf den Boden. Er kam, geschmeidig wie ein Panther, auf mich zu, als ich mich auf den Boden legte, und dann war er auf mir.

Hunter hatte die Fähigkeit, mich dazu zu bringen, Dinge zu tun, vor denen ich mich normalerweise gescheut hätte, dann aber dachte, dass es das Beste war, was ich je erlebt hatte. So wie jetzt. Da der Hausmeister noch immer im Haus war, hätte ich ihn eigentlich sofort stoppen müssen. Aber von dem Moment an, als er halb nackt über mir lag und seine Küsse auf meiner Haut ihren Weg nach unten brannten, hatte ich schon vergessen, wo wir waren.

Er küsste meinen Hals und die kleine Mulde in meinem Schlüsselbein. Seine Küsse erweckten einen lustvollen Hunger in mir und erregten mich immer mehr.

Ich konnte nur noch stöhnen, als er eine Brustwarze in seinen Mund zog und sanft daran knabberte. Als er sie mit seiner Zunge liebkoste, dachte ich, ich würde explodieren.

„Fuck!"

„Gleich, ein bisschen Geduld noch", versprach er.

Ich wusste, dass er dieses Versprechen halten würde. Hungrig wechselte er zu meiner anderen Brust. Ich bäumte mich unter ihm auf, verloren in der Flut der Gefühle, die sein Mund in mir auslöste.

Ich berührte seinen Ständer durch die Hose und er rieb sich noch härter an mir. Ich war so erregt, als er an meinen Brüsten saugte, dass ich kaum bemerkte, dass er meine Jeans geöffnet und mit den Händen in mein Höschen gefahren war.

„Ist es meine Einbildung, oder wirst du jedes Mal schöner, wenn ich dich nackt sehe?"

„In der Öffentlichkeit, offensichtlich."

Er zwinkerte mir zu. „Lass ihn zusehen!"

Dann stand er auf und zog langsam seine Hose hinunter. Ich bewunderte seinen perfekt geformten Körper, der sich langsam auf meinen legte, und spürte die Erregung tief in meinem Bauch. Ich griff nach seinem seidig glatten, rot glänzenden Schwanz. Meine Hand konnte ihn nicht ganz umschließen. Ich öffnete weit die Beine, um ihn in meine Muschi zu führen, und wartete ungeduldig darauf, dass er in mich eindrang.

Hunter legte seine Hand auf meine und knurrte: „Du bist so verdammt feucht!"

„Worauf wartest du noch?" Er hatte ja keine Ahnung, wie verzweifelt ich mir wünschte, dass er in mich hineinglitt.

Und ich fing an, vor Erwartung am ganzen Körper zu zittern, als er mit seiner Zunge meinen Mund fickte. Ich rieb meine Hüften gegen ihn, als sein Schwanz endlich seinen Weg fand. Als meine Hände von seinem Schwanz zu seinem Rücken wanderten, tat ich genau das, was er so gern mit mir tat ... ich packte seinen Hintern mit beiden Händen.

Sein Hintern war hart und muskulös und je mehr er sich auf und ab bewegte, desto fester umklammerte ich ihn. Unsere Bewegungen waren jetzt anders als vorher. Wir hatten es nicht mehr so eilig. Nun schmeckte ich ihn und genoss die Geräusche, die wir zusammen machten. Leises Schnurren und Stöhnen drückten aus, was wir empfanden; wir sprachen mit unseren Körpern und bewegten uns in purem Einklang.

Mein ganzer Körper fühlte sich an, als ob er in Flammen stand. Ich wollte ihn nicht nur, ich gierte nach ihm. Ich wollte ihn immer bei mir haben.

Er drang tiefer und tiefer in mich ein, bis er seinen Schwanz bis zur Wurzel in meiner Möse versenkt hatte. Eine wunderbare Wärme strömte von dem Punkt zwischen meinen Beinen und hüllte meinen ganzen Körper ein.

„Hunter, ich liebe dich", flüsterte ich leise. Ich konnte nicht anders, ich musste einfach ausdrücken, wie ich mich in genau diesem Moment fühlte, was ich, seit ich ihm vor all den Jahren begegnet war, für ihn empfunden hatte. Das war nicht nur einfach ficken, wir machten Liebe.

Er lächelte und biss zart in meinen Hals. „Ich kann nicht glauben, wie lange du gebraucht hast, um das zu sagen."

Ich sagte es noch einmal. „Ich liebe dich."

Hunter antwortete, indem er mich noch härter nahm. Er hielt meine Hände über meinem Kopf fest und nagelte mich mit jedem mächtigen Stoß in den Boden. Die Bewegung war so intensiv, dass ich mich bei jedem Stoß mehr gehen ließ.

Hunter hatte die komplette Kontrolle, er besaß mich und brachte mich so hart zum Kommen, dass mein ganzer Körper erbebte. Sein Atem kam in kurzen, heftigen Stößen, mit den tierischen Lauten, die er ausstieß, als er mit mir zusammen zum Orgasmus kam.

„Bedeutet das jetzt, das wir jetzt jeden Abend zusammen nach Hause gehen können?", wollte er wissen, als er wieder zu Atem gekommen war.

„Ich dachte, du würdest nie fragen", murmelte ich und hob den Kopf, um seine Lippen zu erreichen.

„Gut! Das heißt, dass ihr beide es jetzt zu Hause miteinander treiben könnt, statt immer hier!", rief Mr. Wile vom anderen Ende des Saales.

Hunter schüttelte den Kopf und lachte leise. „Ich wette, er hat die Vorstellung genossen."

„Wir haben ihm ja immerhin allerhand geboten. Ich würde sagen, dass wir das nächste Woche noch mal machen."

Hunter reichte mir meine Kleider und versuchte, etwas zu finden, womit er sich sauber machen konnte. Glücklicherweise hatte ich immer Feuchttücher in der Tasche. Ich gab ihm eins und als wir uns säuberten, wurde mir schlagartig klar, dass ich nicht nur den Mann meiner Träume gefunden hatte, sondern dass es auch mit meinem Klub aufwärts ging. Das hätte ich nie für möglich gehalten, aber es war nicht nur mein Verdienst, sondern das hatten wir alle zusammen erreicht.

Zum ersten Mal in meinem Leben erschien mir alles positiv. Ich tat mehr als einfach nur zu überleben. Ich lebte.

„Ich liebe dich", sagte ich noch einmal, als wir uns angezogen hatten und zum Gehen bereit waren.

Er lächelte. „Ich liebe dich mehr. Das Mädchen meiner Träume gehört jetzt mir und ich werde sie nie wieder gehen lassen."

„Du wirst mich auch nie wieder loswerden. Ich würde sagen, nächste Woche tun wir es da drüben, am Fenster."

Er zwinkerte mir zu. „Ich nehme dich beim Wort!"

Ich konnte es kaum erwarten, Alex die guten Neuigkeiten zu erzählen. Er würde sich wahnsinnig freuen, nicht nur weil wir jetzt in Hunters Haus wohnen würden, sondern weil er jetzt außer seiner Mama noch einen Vater und eine Schwester hatte, und seine Mama nicht nur einen Job, sondern zwei aufgeben konnte.

Epilog

Hunter

Niemals hätte ich geglaubt, dass ich innerhalb eines Jahres von einem alleinerziehenden Vater mit einem Kind zu einem Vater von drei Kindern werden würde. Offensichtlich war es die richtige Entscheidung gewesen, zurück in meinen Heimatort zu ziehen, um die Frau, die ich verloren hatte, wiederzusehen.

Madison sah mich als einen Mann, der alles hatte, was er wollte, und der keinen Fehler hatte. Diese entdeckte sie allerdings, sobald sie bei mir eingezogen war.

„Hunter! Der Wäschekorb steht dort in der Ecke. Warum fällt es dir so schwer, deine schmutzigen Klamotten da hinein zu werfen?"

Ich schlang meine Arme um ihre Taille, obwohl sie das in letzter Zeit gar nicht mochte. Sie schämte sich für ihren Körper, nachdem sie unsere Tochter zur Welt gebracht hatte.

„Das liegt wohl daran, dass ich einen Sehfehler habe."

„Anscheinend haben alle Männer diesen Sehfehler", schimpfte sie und schob meine Hände beiseite. „Alex macht es schon genauso und er ist noch nicht mal ein Mann."

„Wenn du doch weißt, dass wir alle gleich sind, warum beklagst du dich dann?"

„Weil ich hoffe, dass ich euch so mit meinem Gejammer nerve, dass ihr irgendwann eure Klamotten in den Wäschekorb werft!"

„Heute ist ein großer Tag für dich, Schatz, das verstehe ich, aber du musst es nicht an mir auslassen."

Sie löste ihr Haar und als ich nun meine Arme um sie legte, schob sie mich nicht weg.

„Entschuldige. Wie hältst du es nur mit mir aus?"

„Ganz einfach. Es ist Liebe."

Madison seufzte und begutachtete sich noch einmal im Spiegel. „Okay, jetzt oder nie."

„Es wird alles klappen, du wirst schon sehen. Du musst nicht immer so hart mit dir sein."

Die kleine Teresa fing an zu weinen und wir seufzten beide. Ich, weil Madison jetzt in ihr Zimmer gehen und zweifellos beschließen würde, dass sie nicht mit zu der Eröffnung gehen konnte. Unsere Tochter brauchte sie, würde sie erklären und das als Entschuldigung benutzen, um ihren Traum nicht wahr werden zu lassen. Aber sie hatte das ganze Jahr sehr hart gearbeitet, um diese Wohlfahrtsveranstaltung zu organisieren, ich würde nicht zulassen, dass sie jetzt aufgab.

Als wir das Kinderzimmer betraten, hielt meine Mutter Teresa bereits in den Armen. „Seid ihr noch hier? Ihr solltet euch beeilen."

Madison ging zu ihr und ignorierte ihre Mahnung. „Aber vielleicht hat sie Hunger."

Okay, ihr Verhältnis war nicht unbedingt perfekt, aber sie gaben sich Mühe. Obwohl es mich manchmal nervte, wenn sie sich bei mir beklagten.

Mom seufzte. „Sie hat Hunger und du hast genug Milch für eine Woche herausgepresst. Ab mit euch. Außerdem kommt deine Mutter später, um mir zu helfen."

„Wie bitte?" Das hätte ich mir niemals träumen lassen.

„Ich freue mich, dass ihr euch so gut versteht", sagte Madison. Sie wich zurück, zweifellos, weil sie befürchtete, dass es hier später zum Krieg kommen würde, und sie dann lieber bei dem Treffen als hier war.

Mom zuckte mit den Schultern. „Ich meine, es ist wichtig, dass Enkelkinder ein gutes Verhältnis zu beiden Großmüttern haben. Außerdem hat sie versprochen, dass sie dieses Mal nicht ihre Lederstiefel tragen würde. Ich glaube, die waren Olivia unheimlich, als sie neulich damit ankam."

Ich musste lachen. „Wir alle fanden sie unheimlich."

Madison versetzte mir einen Klaps. Carol hatte Chers Outfit von den 1986er Academy Awards getragen, als wir vor einem Monat zum Essen ausgegangen waren. Sie sagte, dass sie nach dem Essen in einer

Bar im Stadtzentrum singen würde, und keine Zeit hatte, sich umzuziehen.

Nur dass Carol keine Auszeichnung bekommen würde. Das Abendessen sollte eine Gelegenheit für die ganze Familie sein, sich auf neutralem Boden zu begegnen. Meine Mutter wollte nicht mit Carol an einem Tisch sitzen, wenn sie so aussah, und Carol behauptete, sie sei bloß eifersüchtig. Unnötig zu sagen, dass das Abendessen kein Erfolg war.

„Okay, lass uns gehen", sagte Madison und riss mich aus meinen Erinnerungen.

Endlich verließen wir das Haus. Auf dem Weg zur Tür schauten wir noch nach Olivia und Alex, die mit Ken und Barbie spielten.

„Ich verstehe einfach nicht, dass sie es nicht leid werden, mit diesen verdammten Puppen zu spielen", sagte ich, aber Madison hörte mir gar nicht zu. Sie war zu sehr damit beschäftigt, ihre Rede zum tausendsten Mal zu üben. Sie hatte die ganze Nacht damit verbracht, sie zu proben, und jedes Mal hatte sie alles richtig gemacht und jedes Wort gewusst.

„Schatz, es wird alles gut gehen."

Sie nickte und atmete tief durch, als ich den Motor startete und auf die Straße fuhr.

„Ich habe vor drei Monaten ein Baby bekommen, ich sollte mir das eigentlich gar nicht zumuten."

„Wer sagt das? Du wirst alleinerziehenden Eltern in großem Maße helfen. Wie viele Leute haben dich bereits um Rat gefragt wegen ihrer Krankenversicherung? Lebensversicherung? Dinge, über die sie sich jede Nacht Sorgen machen. Die Leute brauchen dich. Und du brauchst sie."

Sie stimmte mir zu. „Ist es falsch? Ich freue mich so sehr, diese Türen zu öffnen."

Ich hielt an einer roten Ampel und gab ihr einen Kuss. „Ich liebe dich, Madison Young, zukünftige Madison James."

„Ich liebe dich noch mehr, Hunter James. Und ich kann es kaum erwarten, dass meine Scheidung endlich rechtskräftig wird, damit ich deine Frau werden kann."

Ich wollte eigentlich warten, bis sie ihren ersten Tag im neuen Büro hinter sich hatte, aber jetzt konnte ich es selbst nicht mehr abwarten. „Öffne doch mal das Handschuhfach."

Sie sah mich misstrauisch an, aber dann fiel ihr Blick auf den Brief.

„Wie lange hast du den vor mir versteckt?!", rief sie und schlug mir mit dem Umschlag auf den Kopf.

„Mina, beruhige dich, er ist erst gestern gekommen!", verteidigte ich mich. „Du warst voll im Stress und da dachte ich, es wäre besser, noch etwas zu warten."

Sie öffnete den Umschlag, wie ein Kind an Weihnachten, und murmelte die Worte vor sich hin, als ihre Augen über die Seite wanderten.

Die teuerste Scheidung der Welt. Lucas hatte jeden Kniff ausgenutzt, emotional und finanziell, um die Scheidung anzufechten. Er hatte Körperverletzung vorgebracht, weil Tiana ihn herausgeschmissen hatte. Er stalkte Alex immer wieder, indem er in der Schule auftauchte und erklärte, dass er sein Vater sei, aber sobald er sein Geld eingesackt hatte, verschwand er. Er war ein mieser Kerl und ich hatte ihm viel mehr bezahlt, als er verdiente, um ihn endlich für immer loszuwerden.

Das Beste war, dass ich nun Alex adoptieren und ihn offiziell meinen Sohn nennen durfte.

„Ja! Ja!", jubelte sie, als wir parkten, und erklärte dann: „Sobald wir hier fertig sind, gehen wir zum Standesamt."

„Warum?"

„Um eine Heiratserlaubnis zu holen."

Ich schüttelte den Kopf. „Wir müssen warten. Wir müssen einen Saal für die Feier buchen. Ein Kleid für dich besorgen. Das ganze Theater."

Sie widersprach. „Ich habe lange genug gewartet, um deine Frau zu werden. Ich brauche den ganzen Mist nicht. Ich brauche nur dich."

Ich lachte. „Aber du hast mich doch schon."

„Du weißt schon, was ich meine. Wir brauchen nur uns und die Kinder. Auch die beiden Omas und deinen Vater, wenn er kommen will. Alles andere ist mir egal."

Wie konnte ich dazu Nein sagen?

Mein Leben hatte sich total verändert und das Mädchen, das ich früher kannte, war zu der Frau geworden, mit der ich den Rest meines Lebens verbringen wollte und die mich gerade küsste und mir einen Heiratsantrag machte.

„Okay okay", stimmte ich ihr lachend zu. „Das besprechen wir später. Erst bringen wir dich mal zum Büro. Du darfst sie nicht länger warten lassen."

Sie nickte, atmete noch einmal tief durch und stieg aus dem Auto.

Sobald sie alle begrüßt und ihr neues Geschäft eröffnet hatte, würden wir zum Standesamt fahren, wie sie gesagt hatte.

Sie hatte recht ... mir war es vollkommen egal, ob wir in Jeans und T-Shirt heirateten. Wir hatten noch unser ganzes Leben vor uns, um uns schick zu machen. Ich musste nicht einmal niederknien. Ich wollte nur sie und ich hätte nicht glücklicher sein können.

Das strahlende Lächeln auf ihrem Gesicht verriet mir, dass es ihr genauso ging wie mir.

Madison James.

Das war perfekt, genau wie unser Glück.

###Ende###

Über die Serie Alles für den Boss:

Danke, dass du dir meine Neuerscheinungen anschaust. Dies ist das zweite Buch der Serie Alles für den Boss-Serie:

Buch #1 - Chef mit gewissen Vorzügen

Buch #2 - Sexy Überstunden

Buch #3 - Meine Weihnachtsquarantäne

Buch #4 - Chef der Begierde

Es sind unabhängige Geschichten, die in jeder beliebigen Reihenfolge gelesen werden können.

Das sagen Leser über die Serie Alles für den Boss-Serie:

Kurz, aber unterhaltsam!

Habe das Buch auf Facebook empfohlen bekommen und fand Cover und Klappentext ansprechend. Das Buch selbst ist recht kurz, aber trotzdem unterhaltsam. Ich fand die Charaktere niedlich, vor allem Nana, die mich irgendwie an eine verrückte alte Dame erinnert hat (mit ganz vielen Katzen :D), auch wenn sie das gar nicht sein sollte. War ein netter Zeitvertreib und ganz anders als die anderen Bücher der Autorin, etwas erwachsener.

Kurz aber nett!

Die Autorin hat einen sehr eigenen Schreibstil! Wenn man sich daran gewöhnt hat kann man dieses Buch gut lesen.

Rezensenten / Blogger gesucht

... für die heißen Liebesromane von Sarwah Creed & Mila Young!

ARC Link[1]

1. https://docs.google.com/forms/d/e/
1FAIpQLSdquB6Ot2daG9DrXAx54tGmOawDxyL81lp
0Z96T-yocXJbOPA/
viewform?fbclid=IwAR1FRADw8DJBPmPzI2riW15w
GJEkCgcdQ_ctxbgs0xUwSpi7UKezKsnbfQc

Don't miss out!

Visit the website below and you can sign up to receive emails whenever Sarwah Creed publishes a new book. There's no charge and no obligation.

https://books2read.com/r/B-A-OEXM-HRZLB

BOOKS 2 READ

Connecting independent readers to independent writers.

Did you love *Chef der Begierde*? Then you should read *Sexy Überstunden*[2] by Sarwah Creed!

[3]

Meine virtuelle Assistentin wird bald herausfinden, wer hier der Chef ist …

Mir gehört die verdammte Firma, aber ich kann anscheinend trotzdem keine anständige Assistentin finden …

… mal abgesehen von Olivia.

Sie ist seit Jahren meine Aushilfsassistentin und arbeitet virtuell, mitten im Nirgendwo.

Ich zahle ihr das Doppelte, gebe ihr freie Tage, alles, um diesen wichtigen Termin einzuhalten.

Ich brauche nur keine weitere Ablenkung.

---

2. https://books2read.com/u/mYAQPo

3. https://books2read.com/u/mYAQPo

Ich habe Olivia nie persönlich kennengelernt, aber ich stelle mir vor, dass sie eine Jungfer mittleren Alters mit einem Dutzend Katzen ist.

Perfekt, denn dann komme ich nicht in Schwierigkeiten.

Bei ihr gerate ich nämlich definitiv nicht in Versuchung.

Bis Olivia in mein Büro kommt und sich herausstellt, dass sie eine smaragdäugige Schönheit ist.

Kopfschüttelnd denke ich: Ich stecke ganz schön tief in der Sch***e.

Mein Schw**z richtet sich auf und stimmt mir zu: "Oh ja, das tust du allerdings!"

Anmerkung der Autorin: Diese Novelle steckt voller Sex und Erotik. Sie kann als eigenständiges Buch gelesen werden und im Buch wird natürlich niemand betrogen!

Also by Sarwah Creed

Alles Für Den Boss
Chef mit gewissen Vorzügen
Sexy Überstunden
Chef der Begierde

Bad Apples
Love To Hate You
Hate To Love You

Freunde mit gewissen Vorzügen
Die Teufel und Engel
Schmutziger Spieler
Sext Me

grumpy boss
Size of his Shoes
A Boss with Benefits
My Thirty Day Quarantine

An Ex with Benefits
Blind Date

Kings of Hawk Academy
Bad Intentions
Cruel Intentions

Sext Me Crazy
Filthy #TeXXXt
Hot #TeXXXt

The FlirtChat Series
Daily #TeXXXt
Triple TeXXXt
Quadruple TeXXXt
Naughty #teXXXt

Standalone
Claimed By Wolves